Le prince vengeur

EMMY GRAYSON

Le prince vengeur

Traduction française de
FRÉDÉRIQUE LALLEMENT

AZUR

HARLEQUIN

Collection : Azur

Titre original :
A CINDERELLA FOR THE PRINCE'S REVENGE

HARPERCOLLINS FRANCE
83-85, boulevard Vincent-Auriol, 75646 PARIS CEDEX 13
Service Lectrices — Tél. : 01 45 82 47 47 - www.harlequin.fr
ISBN 978-2-2804-8794-8 — ISSN 0993-4448

Composé et édité par HarperCollins France.
Imprimé en avril 2023 par CPI Black Print (Barcelone)
en utilisant 100% d'électricité renouvelable.
Dépôt légal : mai 2023.

FSC www.fsc.org
MIXTE
Papier issu de sources responsables
FSC® C159065

Pour limiter l'empreinte environnementale de ses livres, HarperCollins France s'engage à n'utiliser que du papier fabriqué à partir de bois provenant de forêts gérées durablement et de manière responsable.

1.

La soirée battait son plein au Ledge, le bar où travaillait Briony Smith. Cow-boys, employés de ranchs, bûcherons et autres habitants de la petite ville forestière du Kansas chantaient à tue-tête pour accompagner l'orchestre local. Le vacarme était tel qu'il était difficile de simplement s'entendre penser.

Malgré cela, Briony entendit les battements de son cœur résonner dans ses oreilles à la vue de Cass Morgan qui fendait la foule en direction du comptoir. Dieu qu'il était beau avec son sourire charmeur qui plissait ses yeux au brun pailleté d'éclats couleur d'ambre, ses dents dont le blanc éclatant ressortait sur la peau mate de son visage aux traits fins et ses épais cheveux d'un noir de jais ! Comme chaque jour depuis son arrivée à Nowhere – et au Ledge – la semaine précédente, elle se sentit fondre, ou plus exactement en proie à un profond désir. Sensation jusque-là inconnue et ô combien délicieuse.

Briony dissimula son admiration sous un sourire accueillant mais professionnel, contrairement aux autres filles qui reluquaient sans vergogne ce séduisant étranger dont tous se demandaient ce qui l'amenait dans ce coin perdu du Midwest. « Des affaires », avait-il déclaré sans jamais fournir plus amples détails. Le cuisinier attribuait sa venue à l'achat d'une ferme à bétail, mais Katelyn, sa collègue serveuse, penchait plutôt pour l'ouverture d'un complexe hôtelier, ce qui correspondait mieux à son élégance sobre – un polo en cachemire noir moulant son torse puissant porté sur un pantalon beige ce soir-là – et son assurance décontractée.

— Comment se sont passées vos négociations aujourd'hui ? demanda Briony alors qu'il s'accoudait au comptoir devant elle.

Et aussitôt, elle attrapa un verre sur l'étagère histoire d'occuper ses doigts trop tentés de se glisser dans les boucles soyeuses de son client si particulier.

— Pas mal.

Elle haussa un sourcil interrogateur face à cette réponse une fois de plus si vague.

— Assez bien pour que je vous serve un double ?

Un sourire nonchalant fleurit sur les lèvres de Cass, envoyant un courant brûlant dans les veines de Briony.

— Un simple suffira.

Elle versa une rasade du célèbre whisky écossais dont la bouteille était restée inentamée sur l'étagère jusqu'à l'arrivée de Cass, ajouta un glaçon et lui tendit le verre. Au moment où leurs doigts s'effleuraient, un frisson lui parcourut le bras. À la lueur qui passa dans ses yeux, elle sut qu'il était parfaitement conscient de son effet sur elle.

— Et comment s'est passée votre journée ? demanda-t-il.

La magie de l'instant s'évanouit aussitôt. Une journée tristement identique aux autres. Un lever aux aurores pour préparer le petit déjeuner des jumelles, les filles de son beau-père, d'adorables petits anges blonds devenues des ados boudeuses qui laissaient traîner leurs vêtements dans toute la maison et ne répondaient plus à ses questions que par monosyllabes.

Briony s'en voulut aussitôt de cette pensée peu charitable. Stacy et Ella avaient perdu leur mère alors qu'elles avaient à peine trois ans. Perdre, six mois plus tôt, suite à un cancer, Marie Smith, qui les avait aimées comme ses propres filles, avait été un coup dur pour elles. Et pour Trey, leur père, qui depuis passait ses journées et soirées vautré sur un canapé devant la télévision avec une bière à la main. Bref, leur maison autrefois remplie de rires et d'amour étouffait sous le poids de ce chagrin collectif.

Mais ressasser ses griefs ne les ferait pas disparaître. Elle lança donc :

— Bien.

— Réponse diplomatique, rétorqua Cass, en se penchant par-dessus le comptoir tandis que son sourire s'évanouissait. Qu'en est-il en réalité ?

Avant qu'elle n'ait eu le temps de reculer, il posa un doigt sur la veine qui battait à la naissance de son cou. En un éclair, son cœur s'emballa. Briony maudit les réactions intempestives de son corps. Il venait de la toucher pour la première fois, et elle se pâmait comme une midinette !

— Quelque chose ne va pas. Je le vois bien. Votre pouls s'est accéléré et vous vous humectez machinalement les lèvres.

Sentir le regard de Cass Morgan rivé sur sa bouche ne fit qu'amplifier le trouble de Briony. Comme répondant à l'attraction d'un aimant, elle sentit son visage se pencher... mais se ressaisit in extremis, recula la tête, puis saisit un verre qu'elle astiqua d'un coup de torchon ferme. Dire qu'elle avait été à deux doigts d'embrasser un client ! Qu'il soit séduisant à l'extrême, de toute évidence aisé et de passage dans le Midwest, ne diminuait en rien la gravité de cette presque faute professionnelle.

Pour se donner contenance, elle remplit une coupelle de cacahuètes et la posa sur le comptoir. Son activité ne découragea cependant pas Cass Morgan :

— Y a-t-il un problème avec vos demi-sœurs ou votre beau-père ?

Briony serra les dents. La malchance voulait qu'il ait été témoin la veille de sa conversation téléphonique avec Trey. En entendant seulement ses réponses, il avait visiblement deviné une partie de son dernier souci, à savoir une nouvelle dette de jeu, si exorbitante que le montant l'avait fait pâlir. À présent, il ne s'agissait même plus de savoir comment la payer, mais comment vivre en réduisant au minimum leurs dépenses, ce qui était d'autant plus difficile en plein hiver avec une consommation électrique en hausse.

— Puisque vous insistez, voilà la version polie : j'ai eu une sale journée, mais je ne souhaite pas en discuter.

Le regard de Cass se teinta aussitôt d'empathie. Un de plus. Tout le monde à Nowhere la plaignait. Non seulement tous connaissaient la série de malheurs qui s'était abattue sur elle et sa famille, mais en plus la semaine précédant l'arrivée de Cass Morgan, elle avait dû s'absenter de son travail le temps de ramener Trey ivre mort du Ledge, ce qui, bien sûr, n'était pas passé inaperçu.

Les regards pleins de commisération, déjà difficiles, ajoutaient à la pression que Briony avait d'être la seule à gagner de l'argent et à devoir supporter la dépression de son beau-père ainsi que l'apathie dans laquelle se retranchaient les jumelles pour échapper à la cruauté de leur monde.

Mais elle ne pouvait leur en vouloir car c'était leur manière d'oublier. La sienne était de continuer à sourire. Une habitude prise en fait de longue date, car déjà du vivant de sa mère elle se sentait en marge de la famille mais tenait à dissimuler à Marie son manque d'entente avec son mari. Sa mère disparue, elle n'avait plus envie de vivre avec eux, ce qui de surcroît la culpabilisait.

Et en cet instant, elle n'avait pas envie de la compassion de Cass Morgan. De lui, elle voulait la légèreté d'un flirt, une chance de vivre quelques instants un rêve éloigné de son sinistre quotidien.

— En parler vous ferait peut-être du bien, Briony, vous pouvez vous confier à moi.

Parler à cet homme qui semblait voir en elle une simple jeune fille, et non celle connue pour tenir à bout de bras sa famille la tenta, mais Justin Lee arriva à cet instant en compagnie de sa sœur Michelle.

— Briony ! s'exclama-t-il. C'est toujours un régal pour mes yeux de te voir si belle.

Elle sourit.

— Je m'étonne que tu puisses encore y voir clair.

— Allons, ne joue pas les rabat-joie. Sers-nous plutôt deux autres bières.

— Tu conduis ce soir ?

— Non, je marche. Mon adorable sœurette me laisse coucher sur son canapé.

Briony adressa un signe de tête à Cass.

— Je reviens tout de suite.

Alors qu'elle s'éloignait vers la fontaine à bière, elle sentit son regard lui brûler le dos. En quelques secondes, leur flirt léger s'était intensifié au point qu'elle avait failli se confier à lui. C'était d'autant plus inquiétant qu'elle regrettait presque ne pas l'avoir fait.

Elle devait être épuisée en plus d'être très seule pour agir ainsi avec un homme dont elle ignorait quasiment tout.

Cassius Morgan Adama, prince du Tulay, regarda sa future épouse tirer deux bières dans les chopes. Le destin lui avait fourni non seulement un moyen de redresser les torts faits à sa famille et son pays de naissance, mais en plus un exceptionnel instrument pour obtenir justice.

Aucune des photos vues d'elle n'avait su capter ni la flamboyance de ses boucles aux reflets roux ni la luminosité de ses yeux au vert émeraude limpide. Encore moins la perfection de son visage aux pommettes hautes ou la minceur ferme de son corps élancé. Tout en étant très belle, Briony irradiait la force d'une battante. Même transporter de lourdes caisses de verres et de boissons semblait lui être facile.

Ce qui l'avait frappé en premier cependant lorsqu'il était entré, une semaine auparavant, pour la première fois dans le bar, à 15 heures, avait été son sourire lumineux. « Désolée, monsieur, mais nous n'ouvrons que dans une heure. Revenez plus tard et je serai heureuse de vous servir », lui avait-elle dit aimablement.

Ne pas être d'emblée reconnu était une expérience nouvelle pour Cass. Excitante surtout dans ce cas précis. Il n'avait pas prévu à quel moment exact lui révéler son identité et trouvait étrangement agréable d'être un simple homme pour quelque temps encore.

En plus de son physique avantageux, le charme effronté de Briony l'avait séduit. Même si Cass savait, en se lançant dans cette aventure, qu'il risquait de se retrouver marié à une femme à la personnalité peu ou pas attirante, cela ne l'avait pas dérangé. L'amour n'entrait pas en ligne de compte. Il ne l'avait jamais fait. Chacune de ses conquêtes n'avait eu pour but que l'assouvissement d'un besoin. Cela avait été sa manière de s'habituer à l'indifférence, à supporter les défauts, à commencer par les plus fréquents tels que l'avidité, la mièvrerie et l'hypocrisie.

Briony, cependant, n'avait aucun de ceux-là, du moins à en juger par ce que Cass avait eu l'occasion d'observer en une semaine. Elle était franche, sans toutefois gêner ou rabaisser les gens par des remarques cruelles, savait s'imposer avec diplomatie et était capable de gérer les clients ivres ou à l'énergie débordante même lorsque l'établissement était plein et qu'elle devait être sur tous les fronts à la fois.

Décidément, elle ferait une épouse et une princesse parfaites. Elle était le type même de femmes que son peuple pourrait admirer et suivre.

Il n'était hélas pas le seul à voir en elle toutes ces qualités. Le fameux Justin était lui aussi particulièrement attiré par la pétillante serveuse. Et par d'autres de ses attributs, songea-t-il en voyant son regard posé sur la poitrine de Briony. Cass resserra les doigts autour de son verre, pris de la subite envie de le faire jeter sur-le-champ en prison !

Mais il se trouvait aux États-Unis, pas au Tulay. Et malgré son irritation de voir ce clown admirer sans la moindre gêne le corps parfait de Briony, il refusait de tomber aussi bas dans la cruauté que son futur beau-père, le roi du Linnaea. Daxon Van Ambrose était un tyran. Son héritier, Dieu merci, avait une réputation moins déplaisante, mais n'en était pas moins connu pour sa froideur de cœur.

Se découvrir un père et un demi-frère si différents d'elle allait être une sacrée surprise pour Briony, et ce d'autant plus qu'elle ignorait tout de ses origines royales. Cass regretta de ne pas avoir connu la femme qui avait défié Daxon Van Ambrose. Toutefois, à en juger par la manière dont sa fille gérait les clients turbulents, il sut que Marie Smith – anciennement Carmichael avant de fuir son royal amant – l'avait bien élevée.

Cass fit mine de ne pas remarquer le regard furtif que lui lança Briony tout en essuyant le comptoir.

Une fois l'existence de cette jeune femme découverte, il avait accepté l'idée que l'épouser soit son destin pour mener à bien sa vengeance.

La question restait de savoir si Briony accepterait ce destin pour elle-même.

2.

Briony verrouilla la porte du Ledge sur les deux derniers clients en soupirant. L'heure de la fermeture était largement dépassée et ce couple avait eu besoin d'allusions de plus en plus soutenues avant de consentir à partir.

Elle jeta un coup d'œil à son téléphone : bientôt minuit et elle devait réveiller les jumelles à 6 heures pour le lycée. Sa nuit n'allait pas être bien longue.

— Vous avez été plus patiente que moi.

Au son de cette voix, elle fit volte-face tout en brandissant son téléphone mobile telle une arme dérisoire. Vif comme l'éclair, Cass lui attrapa le poignet tout en lui passant un bas autour de la taille pour la plaquer contre lui.

— Ce n'est pas vraiment l'accueil auquel je m'attendais.

— Que vous a-t-il pris de me surprendre de la sorte ?

Malgré son intention d'exprimer un reproche, la voix de Briony sortit essoufflée presque rauque. Sa peur initiale s'était muée en une fraction de seconde en une conscience aiguë de son torse ferme pressé contre sa poitrine et de l'odeur boisée de son eau de toilette qui imprégnait ses narines.

— Je pensais que vous m'aviez vu, j'étais assis dans ce box, là-bas au fond.

Machinalement, elle suivit des yeux la direction que son menton lui indiquait tandis qu'une vague angoisse lui fondait dessus. S'était-il délibérément installé dans le coin le plus sombre de la salle dans le but d'échapper à son regard et de rester après le départ du dernier client ? Non, c'était impossible, il n'avait aucune raison d'agir de la sorte. La fatigue devait lui brouiller les idées.

— Eh bien, ce n'est pas le cas.

Et ce n'était pas faute de l'avoir cherché, lorsqu'en se retournant, après avoir servi un groupe de chasseurs, elle ne l'avait plus vu au bar. Ensuite, déçue qu'il soit parti sans lui dire au revoir, elle s'était concentrée sur son travail le reste de la soirée. Mais le souvenir de son regard à la douceur veloutée était resté bien présent à sa mémoire.

Comme Cass laissait retomber son bras et reculait d'un pas, Briony dut ancrer ses pieds au sol pour ne pas accompagner son mouvement. Que lui prenait-il ? Jamais elle n'avait réagi ainsi face à un homme.

— Je n'ai pas voulu vous laisser faire la fermeture seule alors que vos collègues étaient déjà partis.

Depuis le décès de sa mère, plus personne ne se souciait d'elle. Aussi, savoir qu'il s'était inquiété de sa sécurité lui réchauffa le cœur.

— D'habitude, Gus, le propriétaire, reste jusqu'au bout, mais sa femme vient d'avoir un bébé et leurs nuits sont très courtes en ce moment. C'est moi qui lui ai dit de rentrer plus tôt. Nous ne vivons pas dans une de ces grandes villes dangereuses.

— On ne sait jamais d'où peut arriver le danger, ni quand.

En attendant, Briony ne voyait qu'un danger : ce séduisant étranger. Elle ne l'imaginait pas vouloir la blesser, mais pour lui elle se sentait prête à faire fi de toutes ses inhibitions pour laisser libre cours à ses sens.

— De toute manière, reprit-il, mon aide vous sera la bienvenue.

— C'est une plaisanterie ?

Pour quelle raison un homme dont les vêtements valaient

au moins un mois de son salaire voudrait-il nettoyer la salle avec elle ?

Comme s'il avait deviné son interrogation muette, il lui prit les mains et les porta à quelques centimètres de ses lèvres.

— Pas le moins du monde. J'ai l'impression que vous vous dévouez pour les autres sans jamais rien recevoir en retour. J'ai vraiment envie de vous aider, Briony. Donnez-m'en la possibilité, je vous en prie.

Sa voix, aussi douce qu'une caresse, anéantit ses défenses. Même s'il eût été plus raisonnable de s'interroger sur sa motivation à l'aider, elle préféra profiter encore un peu du rêve. Avec lui et son sourire chaleureux, son monde lui paraissait moins morose. Le lendemain arriverait bien assez tôt, accompagné de son cortège de servitudes et de soucis.

— Êtes-vous toujours aussi persuasif, monsieur Morgan ?

— Je suis particulièrement tenace lorsque je veux quelque chose.

L'éclair plein de promesses qui scintilla dans ses prunelles pailletées d'ambre fit retenir son souffle à Briony. Était-il en train de lui dire qu'il la désirait ? Un homme aussi séduisant pouvait avoir des femmes plus belles et intéressantes qu'elle. Pourtant, son regard était éloquent. Il ne pouvait donc vouloir qu'une aventure passagère. Or, même si tout son corps réclamait ce contact, elle eut la certitude qu'il avait éveillé en elle une émotion allant au-delà d'une simple attirance physique. Une émotion qu'il lui serait difficile de tenir à distance si elle cédait à son désir.

La sagesse prenant le dessus, elle lui retira ses mains.

— Très bien, vous pouvez commencer par mettre les chaises sur les tables.

Aux commissures de ses lèvres qui se relevaient, Briony sut que son ton autoritaire n'avait pas réussi à lui dissimuler son trouble, mais peu importait car ils se mirent à travailler de concert au son de la musique de jazz à la radio.

Une demi-heure plus tard, le bar était prêt à accueillir les clients du lendemain, le sol était fraîchement lavé et les verres alignés sur les étagères étincelaient.

— Je n'en reviens pas que nous ayons fini aussi vite.

— Nous formons une bonne équipe.

— Probablement, mais ce n'est pas le genre d'occupations à laquelle vous comptiez vous livrer pendant votre séjour à Nowhere, j'imagine.

Entendant alors les premières notes d'une romance s'élever du poste de radio, Briony s'exclama :

— J'adore cette chanson !

Cass s'avança vers elle, lui passa un bras autour de la taille puis entrelaça ses doigts aux siens. Se laisser aller contre son torse était un risque quand le cœur de Briony était encore si fragile, mais elle le prit en toute conscience, heureuse de sentir la chaleur de sa paume au creux de ses reins tandis qu'ils évoluaient lentement au son de la mélodie.

Enveloppée de douceur par la voix du chanteur et la chaleur du corps de Cass, elle ferma les yeux et s'abandonna à la magie de l'instant.

Briony avait toujours rêvé de s'unir pour la première fois à l'homme qu'elle aimerait à jamais, certainement pas à un de passage avec lequel aucun avenir n'était envisageable. Mais ce bel étranger lui inspirait des émotions inédites… Elle se demanda alors quelle serait sa réponse s'il lui proposait de terminer la nuit ensemble. Entre vivre quelques heures entre ses bras ou laisser passer cette occasion pour attendre la réalisation de son rêve, le choix était difficile.

Comme la musique s'estompait, elle ouvrit les yeux, croisa le regard brûlant de Cass et vit un sourire fleurir sur ses lèvres.

— Puis-je vous offrir un verre, mademoiselle ?

— Le bar est fermé, monsieur.

— Qu'à cela ne tienne, répliqua-t-il. Installez-vous ici.

Briony se percha sur un haut tabouret et le regarda lancer d'un geste négligent un torchon par-dessus son épaule avant de passer derrière le comptoir. En temps normal, elle détestait voir son espace envahi, mais cet homme n'était pas n'importe quel client voulant usurper sa place pour frimer.

De toute évidence, il avait une idée en tête, car il examina le contenu du miniréfrigérateur, puis les bouteilles sur l'étagère, en sélectionna une et s'activa.

Curieuse, elle se pencha.

— Que préparez-vous ?

— Reculez, c'est une surprise.

Là-dessus, il lui tourna le dos pour procéder à ses préparations secrètes.

Elle observa le mouvement de ses épaules, ses hanches étroites et son derrière ferme.

Lorsqu'il se retourna, un verre à la main, elle releva les yeux en toute hâte. Trop tard, à son sourire elle sut qu'il avait deviné quelle partie de son anatomie avait captivé son attention.

— Voici pour vous, mademoiselle.

Elle huma le liquide crémeux surmonté de minuscules copeaux de noix muscade. L'odeur de cognac dominait celle du chocolat.

— Je n'avais pas bu de cocktail depuis une éternité. Comment s'appelle celui-ci ?

— C'est un Brandy Alexander.

— Merci, Cass, murmura-t-elle après avoir bu une gorgée. C'est délicieux.

Et légèrement grisant. Ce qui était normal après ses travaux ménagers, suivis de son service au Ledge avec un simple sandwich en guise de dîner. Et plus encore quand quelqu'un avait pour elle une si gentille attention. La première depuis la maladie de sa mère.

Cass lui caressa la joue avant de repousser une mèche de cheveux derrière son oreille. Ce geste si tendre la toucha tant qu'inconsciemment, elle se laissa aller contre sa main.

— Vous me donnez l'impression de prendre soin de tout le monde, murmura-t-il, le visage soudain à quelques centimètres de sien, mais qui s'occupe de vous ?

En une fraction de seconde, elle se trouva tiraillée entre deux sentiments. D'un côté une extrême et désespérante solitude, de l'autre un désir si intense qu'il en était douloureux. Elle se mordit la lèvre.

— Personne, c'est bien ce que je pensais.

Briony se redressa brusquement et but une nouvelle gorgée de son cocktail.

— Je suis très douée pour m'occuper de moi-même.

— Je n'en doute pas.

— De plus, vous venez de me préparer un cocktail. Après une longue journée de travail, j'appelle cela être prise en charge.

Le regard de Cass captura le sien, si intense que Briony eut l'impression qu'il cherchait à prendre possession de son âme, en plus de s'être déjà rendu maître des réactions de son corps. Elle s'en voulut aussitôt de cette pensée mélodramatique. C'était probablement dû à son manque de confiance en elle, mais comment ne pas être troublée quand un homme aussi beau et sophistiqué débarquait dans son coin reculé du Kansas et s'intéressait à elle ? De plus, il avait un côté mystérieux attirant. Au bout d'une semaine, elle savait seulement de lui qu'il venait d'un pays méditerranéen et aimait un whisky d'exception.

Cass se pencha si près qu'elle discerna chaque détail de ses pupilles.

— Et si je pouvais vous aider, Briony ? Non seulement vous, mais aussi vos demi-sœurs et votre beau-père.

Ne s'étant pas attendue à une offre si directe, elle serra les dents pour demander d'un ton glacial :

— En échange de quoi ? Car votre proposition s'accompagne d'une contrepartie de nature physique, j'imagine.

Une lueur blessée assombrit le regard de Cass.

— Je ne porterais jamais atteinte à votre honneur de la sorte !

La colère de Briony retomba aussi vite qu'elle était apparue.

— Parfait, donc en quoi consiste-t-elle ?

— Que savez-vous de votre père ?

Ce brusque changement de sujet la dérouta. En même temps, une discussion avec sa mère s'imposa à son esprit. Alors qu'à l'âge de onze ans elle lui demandait des renseignements sur lui pour un projet scolaire, Marie s'était énervée. « Oublie-le, Briony, il n'y a rien à dire sur cet homme. Il n'a jamais fait partie de nos vies et n'en fera jamais partie. »

Ce refus sans appel l'avait blessée, son ombre avait terni son rapport avec sa mère. Puis, peu avant que la maladie n'emporte Marie, Briony avait réalisé s'être coupée d'elle pour se protéger contre sa peine de ne rien savoir de son père. Toutes deux avaient alors eu une nouvelle conversation qui, bien que ne lui ayant pas permis d'apprendre le nom de son géniteur, l'avait rapprochée de Marie. Sa nouvelle maturité lui avait fait comprendre que sa mère s'était énervée par peur, non parce qu'elle lui en voulait de s'intéresser à son père.

— Qu'est-ce que mon père vient faire là-dedans ?

Un rictus durcit les traits de Cass, si vite qu'elle pensa l'avoir imaginé, car il répliqua :

— Il est au centre de la proposition que je m'apprête à vous faire.

Cass attrapa alors son attaché-case posé au bout du comptoir, en sortit un dossier sur lequel était inscrit en majuscules : VAN AMBROSE, le posa devant elle et s'assit sur le tabouret voisin.

Un sinistre pressentiment fondit sur Briony. Après tout le mal que s'était donné sa mère pour lui dissimuler l'identité de son père, être sur le point de la découvrir ne pouvait que provoquer un changement de direction radical à sa vie.

D'un autre côté, cette pièce manquante de son histoire avait créé un vide béant au plus profond d'elle, qui n'avait fait que s'agrandir après le mariage de Marie avec Trey et la présence de Stacy et Ella au cœur de leur nouveau foyer.

L'espoir de Briony de trouver en son beau-père une figure paternelle amante avait disparu au fur et à mesure que ses efforts pour obtenir son affection se révélaient vains. Tout au plus lui avait-il donné une accolade le jour où, soucieuse de se rapprocher de lui, elle s'était inscrite en cours de menuiserie au lycée et lui avait offert sa première réalisation, une table d'appoint, pour son anniversaire.

Malgré tout, peinée d'entendre Marie reprocher à son époux son manque d'engagement envers sa belle-fille, Briony avait redoublé d'efforts afin, à défaut d'obtenir l'affection tant souhaitée, de donner au moins l'illusion à sa mère que tout se passait bien entre eux.

Sa relation était meilleure avec les jumelles. Petites, elles étaient adorables. En grandissant, elles avaient admiré leur grande sœur et partageaient avec elle des soirées pyjamas ou des virées de shopping. Puis Briony était partie à l'université à Missoula et n'en était rentrée que pour assister sa mère dans ses derniers mois.

Après le décès de Marie, tout avait changé… Trey avait sombré dans la dépression tandis que Stacy et Ella se faisaient distantes. Le lien familial du début s'était distendu jusqu'à devenir inexistant. Plus rien n'avait d'importance dans la vie de Briony, mis à part le mystère de son origine.

Les doigts tremblants, elle ouvrit le dossier. Dans une grande enveloppe, elle trouva une série de photos et mit quelques secondes à réaliser qu'elles représentaient sa mère à une époque où elle devait avoir une vingtaine d'années.

Sur chacune d'elles, Marie était en compagnie d'un homme aux cheveux argentés, visiblement proche de la cinquantaine. Il avait un visage aux traits durs, l'expression suffisante d'un homme qui se sent au-dessus des lois et défie quiconque de lui dire le contraire. Sur certains clichés pourtant, il affichait un petit sourire et avait passé un bras possessif autour de la taille de Marie.

Briony l'examina de plus près. À ses yeux d'un vert lumineux, elle sut sans l'ombre d'un doute qu'il s'agissait de son père.

Son pouls s'emballa, elle traça du bout d'un doigt le contour de son visage, de son menton un peu pointu comme le sien, de son nez, cherchant et trouvant en lui ses propres traits non hérités de sa mère. Un grand bonheur lui inonda le cœur, aussitôt tempéré par une soudaine angoisse. Pourquoi sa mère lui avait-elle caché son identité si longtemps, et pourquoi Cass, ce quasi-inconnu, en savait-il plus qu'elle sur son passé ?

Elle scruta son regard puis, comme il restait impassible, elle ouvrit la seconde enveloppe. À l'intérieur se trouvait une liasse de documents que Briony feuilleta rapidement. La vie entière de sa mère était entre ses mains. Le compte rendu de son séjour à la maternité lors de sa naissance à Kansas City, ses diplômes universitaires, son contrat d'institutrice à l'école primaire de Nowhere, l'acte de propriété de leur maison et son acte de mariage avec Trey. Le dernier document était son certificat de décès.

Sa première pensée fut que son père avait cherché sa mère et l'avait trouvée trop tard, mais pourquoi avait-il mis si longtemps ?

— Comment avez-vous eu tout cela ? demanda-t-elle à Cass. Et quel est votre rapport avec mon père ou moi ?

— Votre demi-frère a monté ce dossier. Il l'a montré à son père et me l'a remis il y a un mois.

— J'ai un frère ?

— Oui.

— Comment s'appelle-t-il ? murmura-t-elle.

— Alaric Van Ambrose.

Une vague d'émotion déferla sur Briony. Dans l'espoir de l'enrayer, elle vida d'un trait son verre. Après tant d'années, il s'avérait qu'en plus d'avoir un père, elle avait un frère. Une famille, en fait. Pourquoi ne les avait-elle jamais rencontrés ? Son père ne l'avait-il pas voulue ? Et sa mère connaissait-elle Alaric ?

— Depuis quand sont-ils au courant de mon existence ?

— Votre père ne l'a apprise que le mois dernier. En revanche, votre frère devait la connaître depuis plus longtemps puisqu'il a effectué des recherches.

C'était un soulagement. Apprendre que son père avait eu connaissance de son existence sans jamais la rechercher lui aurait été insupportable.

— Où habitent-ils ?

— Au Linnaea.

— Je n'ai jamais entendu parler de ce pays.

— C'est un très petit royaume sur la côte de la mer du Nord, entre la Belgique et les Pays-Bas.

La fierté qui transparaissait dans la voix de Cass poussa Briony à lui demander :

— Vous venez du Linnaea ?

— À l'origine, oui, mais je réside au Tulay depuis mes douze ans.

— Je ne connais pas plus ce pays.

— C'est une principauté située entre l'Espagne et la France au bord de la Méditerranée.

— Me dessiner ou me montrer une carte serait appréciable, dit-elle avant de réaliser qu'il risquait de trouver sa réflexion sarcastique et d'ajouter : Excusez mon ignorance, mais j'ai tant de nouveautés à assimiler.

Cass lui prit la main. Elle hésita à la lui laisser puis, à la vue des photos et document éparpillés sur le comptoir, décida d'accepter son réconfort.

— C'est mon père qui vous a demandé de me remettre ce dossier ?

— Oui.

Il avait répondu après une hésitation à peine perceptible, mais qu'elle avait remarquée. Du coup son inquiétude reprit le dessus. Elle eut le sentiment qu'il n'était pas entièrement franc.

— Pour quelle raison ?

— Il a besoin de votre aide.

— Je ne vois guère en quoi je pourrais bien l'aider.

Cass lui tendit alors une enveloppe. Son lourd papier crème portait un sceau de cire rouge frappé d'une clé et d'une épée surmontées d'une couronne. Elle effleura cet emblème, se souvenant de l'avoir déjà vu sur une enveloppe jaunie, ouverte celle-ci, trouvée des années auparavant dans le grenier et contenant des lettres écrites en français. Elle l'avait apportée à sa mère qui aussitôt l'avait jetée dans la cheminée, déclarant d'un ton léger : « De vieilles lettres sans importance. »

Briony avait cependant vu les lèvres de Marie se serrer et ses épaules se raidir.

— Quel est ce sceau ? demanda-t-elle.

— Celui de la famille royale du Linnaea.

— La famille royale ?

— Votre père est le roi Daxon Van Ambrose du Linnaea. Votre mère était sa maîtresse, un été à Oxford où elle venait de finir une année d'études.

Cette fois, son histoire devenait si incroyable que Briony éclata de rire. Que Cass puisse rester aussi impassible en lui faisant une farce, au demeurant cruelle, la dépassait.

— Bon, lâcha-t-elle une fois son hilarité passée, qui vous a demandé de me faire cette blague ? Gus, peut-être, pour se venger de mon canular avec la crème à raser ? Allez, avouez donc, la plaisanterie a assez duré !

— Je serais heureux d'entendre un jour cette histoire de crème à raser, mais il ne s'agit pas d'une blague, je puis vous l'assurer.

Briony reprit une photo.

— Ainsi, mon père est le monarque d'une principauté dont je n'ai jamais entendu parler ?

— D'un royaume. Tulay est une principauté, gérée par un prince.

— Peu importe le terme. Donc, au résultat, mon frère est un prince et cela fait de moi… une princesse ? L'héritière d'un antique château aussi, tant qu'on y est ?

Cass soupira. Visiblement, sa tentative d'humour en dépit du mauvais tour qu'il semblait décidé à continuer de lui jouer ne l'amusait pas.

— Cela vous paraît incroyable, je le sais…

— Pire, l'interrompit-elle. C'est la plus mauvaise blague qu'on m'ait jamais faite. Ceci dit, je suis curieuse de savoir qui est l'auteur de ces photos. Tenez…

Elle en saisit alors une de sa mère et du quarantenaire bras dessus, bras dessous devant la tour Eiffel.

— Je dois reconnaître qu'il est doué avec Photoshop.

Face à la lueur dangereuse qui illumina soudain les yeux de Cass, Briony frissonna. Et plus encore en entendant son ton carrément glacial à présent :

— Je vous l'ai déjà dit, ce n'est pas une blague. L'avenir de milliers de gens dépend de nous.

— *Nous* ? Qui êtes-vous vraiment ? Cass est-il au moins au moins votre vrai prénom ?

— Oui. C'est l'abréviation de Cassius Morgan Adama, prince du Tulay.

Là, ça devenait grave. Cet homme devait être déséquilibré, vu combien il semblait croire à ses propres propos délirants. Un peu inquiète, elle se redressa sur son tabouret et referma les doigts autour de son verre vide, mais l'écouta poursuivre son explication après une brève pause.

— Le Linnaea a de sérieuses difficultés financières. Si vous acceptez ma proposition, vous pouvez aider le pays, et je peux aider votre famille.

Briony le dévisagea longuement. Il ne semblait pas fou, mais comment croire à une histoire pareille ? Seules les petites filles rêvaient d'être de secrètes princesses enlevées par leur prince charmant. Dans la réalité, les mères mouraient et les belles-familles vous traitaient en Cendrillon.

— Si vous le dites. Maintenant, dites-moi quelle est votre proposition, puis je partirai car il est vraiment tard.

Cass sortit de son attaché-case une petite boîte recouverte de velours bleu marine qu'il posa sur le comptoir, et souleva le couvercle.

Le cœur battant à tout rompre, Briony vit une bague dont l'anneau était surmonté d'une énorme émeraude entourée de diamants. Elle était superbe !

Lorsqu'elle releva les yeux, Cass la fixait.

Son regard avait tout de celui d'un prédateur sur le point de fondre sur sa proie.

Seul un mot tomba de ses lèvres :

— Le mariage.

3.

Cass lut la stupéfaction dans le regard vert émeraude de Briony. Il aurait trouvé sa réaction comique si l'enjeu n'avait été aussi important. Il la vit baisser à nouveau les yeux vers la bague puis les relever vers lui.

— Vous me proposez le mariage ?

— Absolument.

Elle sauta alors de son tabouret, si vite que le chouchou qui retenait ses cheveux glissa le long de sa queue-de-cheval. Ses boucles au roux doré cascadèrent sur ses épaules jusqu'au milieu de son dos tandis qu'elle contournait le bar et disparaissait dans un étroit couloir.

Dieu qu'elle était belle ! Tout en la suivant, Cass sentit un flot brûlant se déverser dans ses veines en anticipation des délices qui l'attendaient avec elle, surtout après le gentil flirt auquel ils s'étaient livrés et qui lui avait permis de l'imaginer allongée sur son lit.

Mais où diable avait-il la tête ?

Il ne pouvait plus se comporter avec l'insouciance d'un jeune homme face à une éventuelle maîtresse ! Désormais il était redevenu le prince Cassius Adama et avait un devoir à remplir. Le plaisir physique allait certes faire partie de son mariage avec Briony, mais tout rêve de sensualité et autres émotions chaotiques liées à l'amour devaient en être exclues sous peine sous peine d'entraver la réalisation de son projet. Il ne ferait pas les mêmes erreurs que son père ou sa tante Alecine avaient commises en succombant à leurs sentiments.

Il était trop près du but pour s'émoustiller et perdre de vue le but de sa venue à Nowhere. Un déplacement qui n'aurait jamais eu lieu sans le plus extraordinaire des hasards. En un éclair, son esprit fit un bond un mois en arrière.

Alors que Cass assistait à un sommet politique à Paris en tant que représentant du mari d'Alecine pour son pays d'adoption, il avait aperçu Daxon et Alaric – dont il ignorait la présence – s'enfermer dans une pièce. Alerté par leurs mines sombres, il s'était posté derrière la porte afin d'écouter leur conversation. Il avait ainsi appris – en même temps que le roi du Linnaea – l'existence d'une princesse illégitime vivant dans une situation financière des plus précaires.

Si ce monarque tyrannique, et en cet instant hors de lui, ne voyait pas l'intérêt de contacter cette « bâtarde » – selon son propre terme – qui n'avait rien à lui apporter, Cass devina très vite comment tirer un parti personnel de cette information.

Épouser cette jeune fille était le moyen idéal de consolider sa vengeance. Une vengeance attendue et planifiée depuis vingt ans ! Son mariage, de toute manière, devait être arrangé à des fins politiques ou d'affaires, il en avait décidé ainsi après avoir entendu sa tante Alecine lui répéter maintes fois combien sa tentative de rechercher l'amour l'avait conduite – et sa famille avec – à être bannie de son pays natal.

Cass se souvenait encore, le cœur serré, de leur fuite avec pour seuls vêtements ceux qu'ils avaient sur le dos, ainsi que de leur première et horriblement difficile année d'exil. Se coucher la faim au ventre n'était rien en comparaison de sa douleur de savoir que sa mère avait choisi d'abandonner fils et mari pour mener une vie luxueuse au lieu de les suivre. La belle histoire d'amour de ses parents n'avait pas survécu au test de la pauvreté.

Cette terrible année avait été l'élément déclencheur de son projet de vengeance. De ce moment, pendant deux décennies, tout en regardant le Linnaea sombrer peu à peu, il s'était consacré à se bâtir une fortune. Son but était d'aller un jour trouver Daxon pour lui faire l'offre financière apte à sortir le pays de sa dépression économique et à rendre cet orgueilleux monarque redevable de lui, celui qu'il avait banni, enfant.

Cass en voulait d'autant plus à ce tyran qu'en plus de chasser Alecine, sa maîtresse, et sa famille, il leur avait bloqué l'accès à leurs anciennes richesses avant de répandre la rumeur de leur malhonnêteté. Durant tout ce temps passé à préparer sa vengeance, sa seule crainte était que Daxon, dont l'orgueil était légendaire, refuse son offre.

Cette crainte s'était révélée vaine dès l'instant où il s'était vu fournir un nouvel atout : Briony.

Après en avoir suffisamment entendu de la conversation entre Daxon et Alaric, Cass s'était éclipsé pour mettre au point son plan. Ceci fait, il s'était présenté une semaine plus tard à l'improviste au palais et avait demandé une audience au souverain du Linnaea.

Il avait alors vu avec jubilation l'air suffisant du roi disparaître au fil des minutes.

Une longue négociation, mais ses arguments étaient incontestables. Non seulement la vie dispendieuse de Daxon ne pourrait guère durer plus longtemps, mais en plus l'existence de sa fille illégitime risquait d'être révélée à tout moment. Si les gens entendaient parler de la situation précaire de cette jeune fille tandis que lui se vautrait dans le luxe, cela entraînerait une chute accélérée du Linnaea, et son discrédit personnel en serait accru.

— Êtes-vous en train de me faire du chantage ? avait demandé Daxon.

— Je n'en ai pas besoin. Votre fils est déjà furieux que vous reniiez sa sœur. Combien de temps croyez-vous qu'il va attendre pour la contacter ou avertir la presse ? Elle pourrait d'ailleurs faire cela elle-même en apprenant votre nom. Cela vous ferait un tort irréparable, alors que l'accueillir à bras ouverts, et accepter cette alliance, vous permettrait de sauver votre réputation ainsi que votre pays et votre peuple.

La fureur de Daxon s'était achevée en un long un accès de toux.

Le légendaire roi était devenu un vieil homme qui n'avait désormais plus rien du redoutable et odieux personnage qui avait, d'un instant à l'autre, anéanti sa vie, celle de son père et celle de sa tante Alecine. Le sachant sur le point d'accepter l'offre désormais impossible à refuser, Cass avait demandé :

— Combien de temps vous reste-il à vivre, sire ? Un an, peut-être moins ?

Le regard noir du monarque lui indiquant que la maladie était trop avancée pour espérer une heureuse issue, il avait poursuivi :

— Préférez-vous laisser le souvenir d'un homme capable d'abdiquer sa fierté pour sauver son pays ou celui d'un tyran trop imbu de sa personne pour venir au secours de son peuple ?

Car, c'était de cela qu'il s'agissait. En plus d'aider Cass à accomplir sa vengeance personnelle, en l'épousant, Briony allait éviter la banqueroute au Linnaea, procurer le bien-être à ses habitants et tirer sa belle-famille de la précarité.

Et c'était encore à cela qu'il pensait en arrivant sur le seuil des vestiaires où Briony était en train d'ouvrir un casier.

À la vue du manteau vert foncé élimé qu'elle enfila, il

songea à un autre point positif pour elle : toute jeune fille saisirait avec joie la chance d'épouser un prince.

Le romantisme, l'amour, elles en rêvaient. Pour lui, seuls comptaient la famille, le devoir et l'honneur.

— Vous ne vous intéressez vraiment pas à votre père biologique ?

Elle fit volte-face, dardant sur lui son regard émeraude soudain dur.

— Mais pour qui diable vous prenez-vous ?

Et elle s'avança jusqu'à lui, lui martelant la poitrine d'un doigt accusateur tout en s'indignant :

— Vous débarquez dans mon bar, cherchez à m'époustoufler avec votre argent et me faites me sentir…

Sur ce mot, elle s'arrêta brusquement.

— Je vous fais vous sentir quoi, Briony ?

— Spéciale, lâcha-t-elle en laissant retomber son doigt. Comme si vous vous intéressiez à moi, me trouviez séduisante.

— Je m'intéresse à vous, et je vous trouve séduisante.

— Oui, c'est ça ! Et je suis une princesse longtemps oubliée, mon père biologique est un roi, et vous êtes le prince venu sauver mon pays d'origine en m'épousant. Si tout cela n'était pas aussi ridicule, c'en serait pathétique.

— Vous me croyez vraiment capable de monter une farce aussi élaborée, de vous proposer de m'épouser, dans le seul but de vous blesser ?

Une vague honte dérangea momentanément Cass. Il ne lui faisait pas une blague, mais lui mentait encore, l'utilisait. Il repoussa ce sentiment, l'enjeu était trop important pour écouter sa conscience. De plus, ce n'était pas tout à fait une vendetta personnelle, le destin de milliers d'habitants du Linnaea reposait sur lui.

— Des gens à qui je tenais ont fait pire, se contenta-t-elle de répondre.

Ému par la douleur de sa voix, Cass leva une main, prêt à lui offrir son réconfort, puis laissa retomber son bras.

— Je ne suis pas de ceux-là. Ce que je vous ai dit est vrai. Vous pouvez me faire confiance.

La voyant baisser les yeux, visiblement hésitante, il éprouva un nouvel accès de honte, douta de réussir, mais se ressaisit aussitôt.

Il n'avait jamais échoué.

— Regardez-moi, Briony. Tout ce que je vous ai dit à propos de moi et sur vos origines est vrai. Mon offre de vous épouser et d'aider votre belle-famille est sincère.

Elle sortit son téléphone de sa poche.

— Prince Cassius Morgan…

— Adama, ajouta-t-il. Du Tulay.

Briony continua de taper sur son clavier avant de se figer. Cass se demanda si elle avait trouvé un des innombrables potins sur sa vie sentimentale ou le site officiel de la famille royale du Tulay, fierté de sa tante. Il n'en sut rien car elle leva vers lui un regard impassible pour demander :

— Suis-je censée vous faire une révérence ?

Sa repartie le fit rire.

— Ce n'est pas nécessaire.

Comme elle se passait une main dans les cheveux, une image d'elle nue sur son lit princier à Tulay s'imposa à son esprit, et c'était lui qui glissait ses doigts dans son opulente chevelure en embrassant ses lèvres pulpeuses.

Elle interrompit sa rêverie érotique.

— Alors… tout ceci est réel.

— Oui, très réel.

Briony recommença à taper sur son téléphone. Une minute plus tard, elle laissa échapper une exclamation.

— Qu'y a-t-il ?

— Je viens de faire une recherche sur « Daxon », « Alaric » et « Linnaea ». Tout correspond.

Elle rangea alors son téléphone et s'assit sur le banc face aux casiers.

— Vous ne pouvez pas me blâmer d'être suspicieuse.

— Loin de moi cette intention.

— Le fait d'avoir des photos de ma mère avec… cet homme ne veut pas dire que je suis sa fille.

— Nous ferons un test ADN. Cependant, quand vous verrez ses yeux, vous ne pourrez pas nier ce que vous sentez déjà.

Briony se racla la gorge.

— Il y a une… légère ressemblance.

C'était un euphémisme. Ses yeux avaient le même et exceptionnel vert émeraude lumineux que ceux de Daxon et Alaric, un signe distinctif des membres de la famille royale du Linnaea. Une fois à côté de son père et son frère, Briony n'aurait plus aucun doute sur leur parenté.

— Vous en jugerez par vous-même, dit-il en s'asseyant à côté d'elle. La lettre de votre père vous demande de m'épouser afin de former une alliance financière pour sauver le Linnaea de la dépression économique. Si vous acceptez, nous partirons ensemble là-bas le rencontrer – ainsi que votre frère – et annoncer officiellement nos fiançailles.

— Nos fiançailles ? Vous ne me connaissez même pas !

— J'en sais suffisamment sur vous.

— Bien sûr, lâcha-t-elle d'un ton amer. Je suis la fille d'un roi.

— C'est déjà un point. Mais, ainsi que je vous l'ai déjà dit, il s'agit d'un arrangement financier bénéfique aussi bien pour vous que pour le Linnaea. J'ai préparé des documents afin d'accorder à vos demi-sœurs un fonds fiduciaire destiné à leur assurer une sécurité financière, et je leur ai trouvé un psychologue qui les aidera à surmonter leur chagrin dû au décès de votre mère. Toutes vos dettes seront effacées. Quant à votre beau-père, une place est retenue à son nom dans une clinique de désintoxication au fort taux de réussite.

Comme elle le regardait, stupéfaite, il ajouta :

— Lorsque j'ai surpris votre conversation téléphonique, hier, vous m'avez dit souhaiter les voir tous aller mieux. Ceci est votre chance d'accomplir ce souhait.

Lui rappeler sa situation familiale était cruel, mais calculé. Cela lui montrait ce qu'il avait le pouvoir de faire.

— Et en échange, j'épouse un étranger ?

Cass lui prit la main et entrelaça ses doigts aux siens. Aussitôt, elle abaissa les yeux vers leurs mains ainsi jointes avant de les relever vers lui. Il s'en voulut de ce geste manipulateur, mais il ne pouvait pas laisser passer sa chance.

— En échange, je vous offre plusieurs choses. Rencontrer enfin votre famille paternelle. Une vie luxueuse et aisée. La possibilité de fonder votre propre famille, c'est-à-dire avoir des enfants. Je ne prétendrai pas être capable de vous offrir l'amour, mais suis en mesure d'assurer une agréable relation à deux personnes dont l'attirance visible l'une pour l'autre est de bon augure pour certains aspects du mariage.

Les joues de Briony prirent une ravissante teinte rose. Satisfait de cette réaction, Cass profita de son avantage.

— Donc vous avez raison, nous nous connaissons peu, mais mes recherches m'ont appris que vous restiez loyale envers votre famille quand vous auriez le droit de les abandonner.

— Je ne peux pas faire ça. Ils sont en deuil.

— Vous êtes très généreuse.

Ce qu'il pensait vraiment. D'ordinaire, Cass voyait dans cette qualité une faiblesse. Chez Briony, cependant, elle lui semblait être une force.

Et pour détendre l'atmosphère, il lança, un sourire aux lèvres.

— Vous avez aussi un atout d'importance plutôt inhabituel. Vous gérez les ivrognes avec la grâce d'une reine.

Briony éclata de rire. Cass réfréna une forte envie de prendre possession de sa bouche pour lui montrer à quel point ils pouvaient être compatibles. Rien ne pressait, toutefois. La patience était de mise. Il lui avait déjà été plus difficile que prévu de la convaincre qu'il était un prince, et son père un roi. L'effrayer à ce point pourrait faire échouer son plan.

Il se souvint aussi avoir déjà désiré d'autres femmes. La période d'attente était toujours la meilleure partie. Après, le sexe devenait routinier, un plaisir physique dans le but d'évacuer la pression d'une longue journée passée à travailler à ses affaires ou à aider son père et sa tante Alecine dans leurs actions politiques.

Coucher avec Briony finirait aussi par perdre peu à peu son attrait. Un point qu'il ferait bien de garder à l'esprit afin de rester concentré jusqu'à la réalisation totale de son plan.

— Alors, allez-vous m'accompagner au Linnaea ? demanda-t-il une fois que Briony eut retrouvé son sérieux.

— Quand partirions-nous ?

— Demain matin à 10 heures.

— Impossible, je travaille.

— Si vous acceptez ma proposition, vous n'aurez plus jamais à travailler.

— Croyez-vous que je trouve tentante l'idée de ne rien faire de mes journées ?

— Étant donné votre situation et celle de votre belle-famille, oui.

— Comment osez-vous !

Cass se leva afin de dissimuler son énervement face à cette frustrante résistance. En plus de lui présenter une solution à tous ses problèmes, il lui offrait la possibilité de enfin connaître son père, ce qu'elle désirait plus que tout au vu de ses rares confidences de la semaine précédente, et elle le prenait de haut ! Une chance qu'elle ne sache pas encore à quel point Daxon Van Amrose était odieux, voire méprisable.

— Comment j'ose quoi, Briony ? Vous offrir à vous et votre famille une vie meilleure ainsi que la réalisation de votre souhait le plus cher ?

— Avec comme condition à la clé d'épouser un homme débarqué incognito il y a à peine une semaine et qui veut réorganiser ma vie ? Non, merci, je me débrouille parfaitement seule.

Peu impressionné par sa rébellion, il la toisa de toute sa hauteur.

— Vraiment ? Si vous manquez le prochain paiement, votre maison sera saisie. Hier, votre beau-père a laissé une dette de jeu en ligne de mille dollars.

Il la vit pâlir, mais désirant lui montrer à quel point elle avait besoin de lui, il acheva, impitoyable :

— Entre vous occuper de lui et des jumelles, quand pensez-vous être capable d'obtenir votre diplôme d'enseignement ? Dans cinq ans, dix ans ? Peut-être même jamais ?

— La manière dont je gère ma vie ne vous regarde pas !

Sur cette réponse cinglante, Briony quitta les vestiaires.

Mais elle savait qu'il avait raison, sa manifestation de mauvaise humeur en était la preuve. Cass se retint donc de lui courir après – il lui suffisait d'être patient, elle finirait bien par revenir à la raison – et partit calmement à sa suite. En arrivant au niveau du bar lorsqu'il la vit rejoindre la sortie, il remarqua qu'elle avait pris les documents. C'était bon signe. Son départ précipité serait suivi d'une réflexion dont il espéra un résultat positif.

— Mon avion décollera à 10 heures demain matin, du petit aéroport à la sortie de la ville, lança-t-il au moment où elle atteignait la porte. Si vous n'y êtes pas un quart d'heure avant, j'en déduirai que vous refusez mon offre.

— Sortez par la porte de la cuisine, rétorqua-t-elle. J'ai mis l'alarme. Si vous êtes encore là dans cinq minutes, vous recevrez la visite de la police municipale.

— Qui n'est pas vraiment amicale avec les étrangers, j'imagine.

Briony se retourna. Derrière elle, les rafales de neige faisaient virevolter ses cheveux.

— Bonne nuit, prince Cassius. Faites bon voyage.

Sur ses mots, après lui avoir lancé un regard noir, elle claqua, puis verrouilla la porte.

Cass prit son attaché-case. Bien qu'il lui eût été aisé de négocier sa sortie avec la police, il jugea avoir eu son content de discussions pour la soirée et se hâta de quitter les lieux.

Le dossier d'Alaric lui avait fait espérer un « oui » rapide à son offre. Il avait même imaginé quelques larmes de gratitude. Certainement pas son accès d'indignation, sa manifestation de furieuse indépendance ni sa sortie mélodramatique dans le froid.

Mais Briony serait au rendez-vous le lendemain, pensa-t-il tout en traversant le parking en direction de sa voiture. Sans lui, sa famille plongerait avec elle dans la misère en quelques semaines.

Il évoqua sa dernière vision d'elle, ses boucles rousses encadrant ses épaules et ses yeux au vert émeraude lançant du feu. Même dans un manteau élimé et en jeans, il émanait d'elle un courage digne d'une descendante de famille royale et une frustrante, quoique admirable, obstination.

Elle pouvait ne pas venir – une éventualité qu'il n'avait pas envisagée jusqu'à présent – mais cette idée ne l'inquiéta ni ne le mit en colère.

La possibilité de batailler davantage, afin de faire de

Briony Van Ambrose sa femme, éveilla en lui un intense enthousiasme.

Quoi qu'il arrive le lendemain, elle finirait par lui appartenir.

4.

En quittant le Ledge, Briony était décidée à ne jamais revoir Cass. Toutefois, au fur et à mesure qu'elle avançait à travers les congères accumulées sur le trottoir, avec le vent qui lui fouettait le visage et transperçait son vieux manteau pour lui geler la peau, cette résolution s'atténua.

Comment mettre un terme à l'infernale spirale descendante dans laquelle se trouvait Trey s'il continuait à parier en ligne ? Elle faisait déjà un maximum d'heures au bar sans parvenir à éponger ses dettes. Aller chercher un travail mieux payé dans une plus grande ville était inenvisageable. Quant à partir seule, cela signifiait les abandonner, lui et les jumelles, à leur triste sort. L'idée l'avait pourtant souvent tentée, mais elle y avait renoncé, sachant que la culpabilité l'aurait poursuivie jusqu'à la fin de ses jours.

Elle pensa alors à sa mère. Marie Smith avait eu une vie totalement différente avant de fuir l'Europe. Une vie qu'elle lui avait cachée, tout comme à Trey apparemment. Et si elle croyait ce que lui avait dit Cass, même son père ignorait sa naissance.

C'était ce point qui avait été le plus douloureux. Marie avait toujours prêché la franchise même si la vérité était parfois difficile à entendre, or, bien que consciente du désir de sa fille de connaître ses origines, jamais elle ne lui avait révélé quoi que ce soit. Sa réponse la plus honnête à ce sujet avait été « Je suis désolée si mon silence te blesse, mais j'ai de bonnes raisons de me taire et j'agis ainsi par amour pour toi ».

En entrant dans la maison à 2 heures du matin, Briony trouva le sol maculé de traces de neige boueuses, la vaisselle sale empilée dans l'évier, et les vêtements des jumelles par terre devant le lave-linge. Mais au moins elles étaient couchées.

Et Trey, fidèle à une habitude acquise depuis le décès de sa femme, ronflait devant l'ordinateur familial ouvert sur un site de poker en ligne, entouré de canettes de bière vides.

De dépit, elle le secoua.

— Marie ? demanda-t-il, le regard vague.

Le cœur de Briony se serra, mais avant qu'elle ne puisse lui répondre, il poursuivit d'un ton énervé :

— Ce n'est que toi. Que n'es-tu morte à sa place !

Si elle s'était crue endurcie contre son indifférence et ses accès de méchanceté dus à la douleur, cette pique fut le coup final. Après l'avoir accompagné jusqu à son lit, Briony s'écroula en larmes. Cette fois, c'en était trop.

La proposition du séducteur au regard ambré arrivait finalement à point nommé. Elle lut et relut le contrat. Selon ses termes, le mariage devait avoir lieu huit semaines après la signature… Elle avait toujours rêvé de se marier et d'avoir des enfants – même après la piètre fin de sa seule relation sérieuse à l'université –, mais avait toujours imaginé une union fondée sur l'amour et l'amitié.

Sans Cass, ses chances de passer devant monsieur le maire étaient quasi nulles dans l'immédiat, tout comme celles de sortir du cercle dans lequel elle évoluait. Ce prince avait un projet, et l'argent pour lui offrir, ainsi qu'à Trey et aux jumelles, un nouveau départ.

Il lui donnait aussi la chance que sa mère lui avait refusée de rencontrer son père, et un demi-frère qui s'était suffisamment intéressé à elle pour la rechercher. Qu'aucun des deux ne soit venu jusqu'au Kansas était certes douloureux, mais un tel voyage était peut-être délicat sur un plan diplomatique. Et, à en croire Cass ainsi que les articles trouvés sur Internet, les deux hommes menaient une vie discrète, sortant rarement du Linnaea. Un pays que l'on disait victime d'une inflation grandissante, en proie à de nombreuses grèves et en manque de personnel enseignant. Bref, un royaume en grande difficulté.

La lettre manuscrite de Daxon confirmait ces faits, soulignait l'importance de son alliance avec Cass et la chance qui leur était donnée de se rencontrer, et expliquait que la vie sous l'œil de la presse avait été si difficile pour sa mère qu'elle avait préféré fuir sans lui parler de sa grossesse. Alaric l'avait apprise récemment, lorsqu'il était tombé sur un vieux rapport du médecin du palais mentionnant un test positif. Dès ce moment-là, son frère avait suspecté Marie d'être rentrée donner naissance à son enfant aux États-Unis.

Le ton de cette missive était poli, relativement amical, mais elle trouva les termes bien mesurés pour un homme s'adressant à la fille unique dont il venait juste d'apprendre l'existence. Cela avait bien sûr tempéré l'enthousiasme de Briony à la perspective de leur rencontre. Que sa mère ait craint d'être sous les feux des projecteurs était plausible. En revanche, elle ne voyait qu'une raison au retour précipité de Marie et à son changement d'identité – raison confirmée par son mutisme et son accès de colère le jour où elles avaient évoqué son père : la peur.

Une autre question la troublait. Pourquoi, riche comme il l'était, Cass Morgan voulait-il l'épouser quand il aurait pu se contenter de prêter l'argent à Daxon ? Car, d'après les articles trouvés sur lui, il était extrêmement riche. Tous évoquaient brièvement son enfance au Linnaea, mais s'étendaient à loisir sur la fortune de la famille depuis le mariage de sa tante Alecine avec le prince du Tulay. Son montant, évalué en milliards, venait de leurs affaires en relation avec le pétrole, les entreprises de manufacture ainsi que de transport, et le secteur bancaire.

Tandis que Briony ressassait toutes ces idées, se promettant d'obtenir un minimum de réponses de Cass, la nuit avait cédé la place aux premières lueurs du jour Avec la luminosité matinale, ses idées s'éclaircirent, l'espoir revint, et c'est avec une grande agitation intérieure qu'elle prépara son bagage. Une aventure inédite l'attendait, elle allait enfin connaître la partie manquante de ses origines.

Et elle allait épouser un homme qui, aussi frustrant qu'il ait pu être la veille, l'attirait comme aucun autre auparavant. En fait, Briony avait été sur le point de se donner à lui au tout début de leur conversation, de le suivre jusqu'à son hôtel. Mais il ne s'était agi que d'une fantaisie sensuelle. À présent, même si penser à lui la faisait encore frissonner, la nature contractuelle de leur future relation en atténuait le romantisme.

En plus de rêver d'un mariage d'amour, Briony avait rêvé d'avoir son premier rapport avec un homme qui l'adorerait. Or Cass avait été clair, aucun sentiment n'était à attendre de sa part.

Mais avoir la chance d'être libérée des dettes, de connaître sa famille biologique et de commencer une nouvelle vie contrebalançait la tristesse de ne pas vivre l'histoire d'amour rêvée. Aussi, chaque fois que peine ou regret lui fondait dessus, Briony se remémorait les paroles de Cass Morgan :

Je ne prétendrai pas être capable de vous offrir l'amour…

Et chaque fois, cela l'aidait à enfouir plus profondément ses sentiments pour lui et à se concentrer sur les bénéfices de ce contrat.

Après avoir réveillé les jumelles à 6 heures, et préparé leur petit déjeuner, Briony appela Debra, la sœur de Trey, afin de s'assurer qu'elle vienne prendre soin d'eux en son absence. Stacy et Ella étaient parties en classe en grommelant, sans toutefois s'inquiéter de combien de temps son voyage durerait.

Déçue, mais résignée, elle rangea la maison jusqu'au moment de rejoindre le petit aéroport national.

À 9 h 47 précises, son sac de voyage sur l'épaule, le menton enfoui dans son écharpe, elle traversa le tarmac balayé par le vent et les bourrasques de neige. Un homme en uniforme l'attendait au pied de l'avion.

— Bonjour, Votre Altesse.

— Appelez-moi Briony.

— Bienvenue à bord, princesse Briony.

— Simplement Briony, s'il vous plaît. Le terme « princesse » m'est encore peu familier.

— Vous feriez bien de vous y habituer, car c'est le vôtre désormais, Votre Altesse.

Au son de cette voix grave, Briony leva les yeux. La grande silhouette de Cass s'encadrait dans la porte de l'appareil en haut des marches, un sourire satisfait éclairant son beau visage. Quelle arrogance ! Une brusque envie de fuir la saisit. Cela le mettrait-il en colère ? La rattraperait-il pour la faire monter de force ou la laisserait-il retourner à sa misérable vie sans un geste pour la retenir ?

Mais ayant déjà pris sa décision, elle releva le menton.

— Bonjour à vous aussi, *prince* Cassius.

Et elle plongea en une révérence à la profondeur exagérée.

Cass descendit les marches. Son pantalon et caban noirs lui donnaient un air à la fois mystérieux et dangereux qui la glaça.

Une fois en bas, il darda sur elle son regard aux reflets d'ambre. Il était si proche qu'elle sentit l'odeur boisée de son eau de toilette comme lorsqu'il l'avait serrée contre lui la veille pendant leur danse dans le bar. Immédiatement une brusque chaleur se diffusa dans ses veines.

— Laissez-moi prendre votre bagage.

Sa voix au grave accent chantant l'enveloppa tel un voile de douceur, la figeant sur place. Il prit le sac sur son épaule et lui fit signe de monter.

— Après vous, Briony.

Le cœur battant à tout rompre, elle s'exhorta à ne pas succomber à son charme, puis regarda les marches. S'y engager scellerait son destin. Elle ferait son premier voyage à l'étranger, rencontrerait enfin son père, et épouserait un véritable prince encore très énigmatique.

Jetant un rapide coup d'œil en arrière, elle vit les premières maisons de Nowhere si petites dans le lointain avec leurs toits recouverts de neige.

Loin d'éprouver tristesse ou regret face à la ville qui avait si longtemps été son foyer, Briony ramena son regard sur l'avion, puis monta résolument les marches.

L'admiration évidente de Briony face au luxe de la cabine ravit Cass. La lumière matinale en provenance des hublots donnait à l'intérieur l'atmosphère feutrée d'un salon privé avec sa moelleuse moquette bordeaux, ses fauteuils de cuir crème disposés de part et d'autre de tables basses et un écran de télévision allumé sur une chaîne d'information.

— Les gens voyagent ainsi dans votre monde ?

Il sourit.

— En effet. Un monde qui sera le vôtre aussi, bientôt.

À ce moment-là, une voix s'éleva des haut-parleurs.

— Nous nous préparons à décoller, monsieur.

Cass pressa un bouton sur le bras du fauteuil le plus proche.

— Donnez-nous cinq minutes, Martin.
— Bien, monsieur.
Cass sortit alors de son attaché-case une copie du contrat donné la veille à Briony, puis le posa sur la table avec un stylo.
— Avant de partir, vous devez signer ce document attestant que vous acceptez de vous fiancer avec moi et de m'épouser dans huit semaines.
Elle prit une profonde inspiration.
— Que se passe-t-il si je change d'avis ?
Il haussa les épaules.
— Une clause stipule que le contrat peut être annulé à la demande de l'une des deux parties. Vous avez dû lire cela, j'imagine. Donc si le cas se présente, je vous ramènerai à Nowhere où vous reprendrez votre vie.
Une lueur dure brilla dans les yeux de Briony.
— Un point n'y figure pas. Pouvez-vous me préciser si, au cas où cela arrive, les jumelles perdront leur fonds fiduciaire et Trey sa place en centre de désintoxication ?
— J'ai du mal à comprendre pourquoi vous voudriez leur faciliter la vie après la manière dont ils vous ont traitée, déclara-t-il, vexé qu'elle puisse l'imaginer capable de telles bassesses, mais la réponse est non. Quelle que soit l'issue de notre relation, tous conserveront ces bénéfices.
— Vraiment ?
— Absolument, répondit-il avec un sourire bienveillant.
Le visage de Briony se détendit, mais quelques rides soucieuses encadrant encore ses yeux tandis qu'elle les baissait vers le contrat, Cass ajouta.
— Vous avez encore le choix.
Elle le regarda rapidement avant de baisser à nouveau les yeux vers le document.
— Je le sais.
Sa voix imprégnée de tristesse le toucha. Son rapide coup

d'œil à sa ville ne lui avait pas échappé. Il se demandait à quoi elle pensait et quels étaient ses rêves avant que la mort de sa mère ne mette un terme à sa vie douillette, lorsqu'il la vit saisir le stylo, signer, puis aller s'asseoir dans un fauteuil au fond de la cabine.

Cass n'éprouva ni la fierté ni la joie attendue en voyant cette première étape de son plan franchie avec succès. À vrai dire, sans nouvelles d'elle à 9 h 45, il s'était senti oppressé. Or, bien que son arrivée l'ait détendu, confirmant son don pour juger les gens, il savait l'issue encore incertaine. La posture raide de Briony et son regard fixé sur l'extérieur lui indiquaient son trouble face à la décision qu'elle venait de prendre. Bien sûr, il pouvait opposer un refus si elle changeait d'avis, mais il n'était pas insensible au point de la forcer à l'épouser contre son gré.

Préférant ne pas lui imposer sa proximité, il donna son feu vert au pilote puis prit place dans un fauteuil éloigné de celui de Briony et observa sa tenue – un simple pull sur un jean moulant. Entre la vie de luxe qu'il allait lui assurer, les enfants qu'il comptait lui faire et l'occasion de la réunir avec son père et son frère, il avait pas mal d'atouts en main. Il savait aussi que, malgré ses révélations de la veille au soir, il l'attirait toujours. La preuve en était sa réaction au pied de l'avion. Un autre atout de taille à utiliser si nécessaire.

Comme les moteurs ronflaient tandis que l'appareil prenait son vol au-dessus des champs couverts de neige, un sourire naquit sur les lèvres de Cass.

Il avait réussi à convaincre Briony de le suivre. Dans huit semaines elle serait sa femme.

Il aurait enfin pris sa revanche sur la famille royale Van Ambrose.

5.

Dès le décollage, comme, contrairement à son attente, Briony ne l'assaillait pas de questions sur la vie au palais ou sa famille, Cass se mit au travail sur son ordinateur.

Au bout d'une heure, le silence et l'impassibilité de sa passagère commencèrent à le déranger. À défaut de faire preuve d'une gratitude exubérante, elle aurait au moins pu se montrer civilisée. Après tout, il lui donnait l'occasion sauver sa belle-famille et de faire la connaissance de son père. Et, grâce à sa fortune et son statut social, il lui offrait le conte de fées auquel tant de jeunes filles aspiraient sans jamais le voir se réaliser.

Il attendit le départ de Sarah, l'hôtesse venue remplir leurs verres d'eau gazeuse, pour demander :

— Vous avez l'intention de bouder pendant tout le voyage ?

— Je viens de quitter le foyer dans lequel j'ai toujours vécu, et vole vers un avenir inconnu. Cela devrait m'autoriser à *bouder* selon votre interprétation de mon silence, quand, en fait, je m'efforce d'assimiler les monumentaux et soudains changements de ma vie.

Bien sûr, elle avait besoin d'un temps d'adaptation. Cass toutefois fut irrité d'avoir tiré une conclusion hâtive en prenant son mutisme à titre personnel. Il s'apprêtait à s'excuser lorsqu'elle poursuivit :

— Sans compter le fait que je viens de m'engager à

épouser un quasi-inconnu qui m'a menti pendant une semaine, fait dont vous ne vous êtes même pas excusé.

— Je ne vous ai pas menti.

Vexé d'être sensible à sa remarque, Cass se consola en pensant qu'il s'agissait d'un demi-mensonge, en ce qui concernait son identité et la raison de sa présence dans le Kansas. En revanche, il avait omis de lui avouer avoir été à l'origine de l'offre faite par Daxon et l'avait laissée croire à une proposition de son père. Il avait aussi passé sous silence sa vendetta personnelle contre la famille royale Van Ambrose, et le fait que son père était un monstre d'égoïsme qui s'était seulement intéressé à l'existence de sa fille en apprenant qu'elle pouvait lui servir. Et il ne lui avait pas parlé non plus de la maladie du monarque, or, à en juger par son manque de question à ce sujet, Daxon ne l'avait pas abordé dans sa lettre.

Le cœur de Cass se serra soudain. Avait-il bien fait de lui dissimuler ces deux derniers points ? Il n'en était pas sûr car Briony ne manquerait pas de découvrir l'odieuse nature de son père, puis allait souffrir de perdre son seul parent direct un an ou deux après le décès de sa mère.

Mais lui serait à ses côtés. Même si leur mariage était une alliance financière, et qu'ils mettraient du temps à retrouver la camaraderie qui les unissait quand il était seulement Cass Morgan, il la soutiendrait au cours des futures épreuves de la vie.

Il ne serait jamais capable de l'aimer. L'amour, selon ses propres observations, pouvait rendre follement heureux jusqu'à ce qu'il plonge les gens dans le désespoir – et la haine, pour ce qui était de la relation entre Daxon et Alecine.

Ou bien, s'il prenait le cas de ses parents, l'amour ne durait que le temps des jours bénis. Il avait été facile à sa mère de s'opposer à ses parents pour épouser un jeune avocat brillant de bonne famille, mais dès le moment où ce dernier avait été sur le point de perdre fortune et réputation, elle l'avait fui.

Et même si l'amour ne finissait pas par disparaître, il s'émoussait. Donc dire à Briony qu'il n'était pas capable de l'aimer était sincère. Mais une chose était certaine, jamais il ne la laisserait à la merci de Daxon. Dans un avenir très proche, elle serait sa femme, ferait partie de sa famille. Et Cass protégeait toujours sa famille.

Dans un esprit de conciliation, il jugea nécessaire de faire amende honorable :

— Je reconnais avoir manqué de tact. Votre attitude est compréhensible après mes nombreuses révélations.

De toute évidence surprise, Briony lui adressa une ébauche de sourire.

— C'est effectivement beaucoup à assimiler. Toutefois, je n'apprécie pas que vous soyez aussi évasif sur votre passé et vos intentions.

— Demandez-moi ce que vous désirez savoir, répondit-il, en venant prendre place face à elle.

— Pourquoi tenez-vous à entrer dans la famille royale au point d'être prêt à m'épouser ?

Cass prit un temps de réflexion face à cette question inattendue. Lui révéler l'entière vérité était hors de question à ce point. Apprendre combien son père était cruel risquait de la dissuader de le rencontrer.

En un éclair, il revit le déroulement de cette nuit fatidique, vingt ans auparavant, dont le souvenir lui revenait encore en cauchemar certaines nuits.

Il avait onze ans à l'époque où Alecine avait fait irruption chez eux à l'improviste. Contrairement aux maîtresses précédentes de Daxon, sa tante avait senti venir la fin de leur relation et s'était préparée à la rupture en montant un dossier susceptible de faire tomber le roi. Les documents concernaient la preuve de ses liens financiers avec des individus douteux et de ses malversations qui laissaient les caisses de l'État vides, mais remplissaient son propre compte. Cédant alors à la colère de se voir rejetée pour une autre, elle avait menacé le roi de les faire connaître. Avertie peu après par une employée compatissante de sa prochaine arrestation et de celle de sa famille pour trahison, elle avait couru chez son frère Leopold Adama.

Son récit les avait convaincus de fuir. Tous sauf la mère de Cass. Anéantie de voir sa vie privilégiée d'épouse de l'un des plus révérés membres de la cour du Linnaea prendre fin, elle était restée sourde aux supplications de son époux et s'était empressée de faire ses valises pour rentrer dans le giron familial à Paris. Elle avait proposé à Cass de l'accompagner à condition de ne pas revoir son père après la malédiction que le comportement d'Alecine avait jeté sur eux. Il avait refusé. Elle était partie sans un regard en arrière.

Et l'exode de Leopold, sa sœur et Cass avait commencé dans la misère et la crasse des rues européennes, sans un sou puisque leurs comptes avaient été bloqués dans les heures précédant leur départ…

— Je suis né au Linnaea, répondit-il enfin. Ma famille y a vécu pendant des générations jusqu'à ce que ma tante ait un différend avec le roi, votre père. On nous a alors demandé de partir.

— Cette sentence me paraît bien sévère pour un simple différend. De quoi s'agissait-il ?

— Ma tante avait des opinions très arrêtées sur la manière dont le gouvernement dépensait l'argent, et les lui a fait connaître. Ça s'est mal passé.

Cass dut marquer une pause, le temps d'étouffer la rage qui montait en lui à ce souvenir et le torturait depuis si longtemps, avant de reprendre :

— Les différences de points de vue politiques font

partie de la vie. Votre père n'aime toujours pas ma famille, mais la situation du Linnaea a considérablement changé au cours des dernières années.

— Le pays est au bord d'une catastrophe financière.

— Vous avez fait des recherches ?

— De nombreuses, avoua-t-elle. Je n'ai pas compris tous les détails, mais cela m'a paru très sérieux.

Le service de relations publiques du palais avait beau s'efforcer de dissimuler les raisons de la crise, les rumeurs abondaient sur les dépenses du roi malgré les caisses vides de l'État. Seules les preuves manquaient. Un motif supplémentaire pour Daxon d'accepter les termes de l'offre de Cass.

— Ça l'est. Une alliance conjugale avec le Tulay solidifiera l'avenir du Linnaea.

— Pourquoi ne pas simplement leur donner l'argent nécessaire ? demanda-t-elle, sourcils levés.

Cass se permit un petit rire.

— Ce serait effectivement une possibilité, mais prêteriez-vous des milliards sans accord préalable ? Notre mariage est une union diplomatique.

— Je l'avais compris, mais qu'y gagnez-vous ? Je vois là un prêt à vide.

Faute de pouvoir lui avouer que son père détestait l'idée de le voir entrer dans la maisonnée royale, Cass répondit :

— Cela permet à ma famille de retrouver sa place dans la société du Linnaea. De plus, même si ses termes sont généreux, mon prêt me rapporte un retour sur investissement de 5 % sur les dix prochaines années, augmentant par-là davantage encore ma fortune. En outre, des traités commerciaux seront établis entre mon pays d'origine et celui d'adoption, le Tulay, ce qui ne serait pas arrivé sans notre union.

À la manière dont elle le regarda longuement, Cass

compris que, bien que ces raisons soient pertinentes, Briony en craignait d'autres cachées.

— Donc il s'agit d'une démarche stratégique pour vous, n'est-ce pas ?

Il avait vu juste – son ton à la fois blessé et courroucé l'en convainquit –, mais il n'avait pas le temps de se soucier de ses émotions.

— Oui.

Elle cilla. L'atmosphère se tendit entre eux. Cass la fixa, impassible, attendant son heure. Sa patience était légendaire.

— Cessez de me dévisager.

— Pourquoi cesserais-je ? Vous êtes très belle.

Elle ne fut pas insensible à ce compliment. C'était visible à la façon dont elle se mordit discrètement la lèvre. Un point en sa faveur !

— Ne nous disputons pas, Briony. Vous m'avez posé une question, j'ai répondu. Nous voyageons dans un jet privé des plus luxueux, alors vous devriez en profiter.

Pendant quelques minutes, elle caressa machinalement l'accoudoir de son fauteuil. Cass suivit ce geste sensuel avant de relever les yeux vers son visage, la laissant réfléchir à ce qui visiblement la troublait.

— Je sais que j'ai pris la bonne décision pour moi et pour ma belle-famille. Il m'est toutefois difficile de ne pas avoir de regrets. Je me demande si j'aurais pu éviter leur chute. Les jumelles rentreront dans le droit chemin, du moins je l'espère, mais l'alcoolisme et l'agressivité de Trey m'inquiètent, il n'était pas comme ça.

À en juger par la soudaine tension dans ses épaules, cet aveu coûtait à Briony. Il savait cependant combien elle s'était épuisée au travail pour maintenir leur maisonnée financièrement à flot – efforts vains vu la constante accumulation de dettes de Trey – et s'était dévouée à l'éducation de ses demi-sœurs, dont son beau-père s'était totalement désintéressé. D'après ses renseignements, cet homme était un loser. Cass espéra donc que, si la vie luxueuse qu'il lui offrait ne la persuadait pas d'avoir pris la bonne décision, sa chance d'échapper à son rôle de Cendrillon le ferait.

— Les gens changent, répondit-il.

Et nous surprennent, songea-t-il se remémorant les confidences d'Alecine. Daxon avait longtemps semblé l'adorer et était extrêmement généreux avec elle, mais petit à petit le masque était tombé, révélant sa personnalité monstrueuse.

— Trey me traitait bien avant, même si je n'étais pas sa fille.

— Pourquoi le défendez-vous après tout ce qu'il vous a fait ?

— Il faisait partie de ma famille.

— Aimer sa famille n'est pas une obligation, surtout quand l'un de ses membres est un homme pareil. Votre mère n'aurait jamais dû l'épouser s'il n'était pas capable de vous aimer comme ses propres filles.

— Il essayait lorsqu'ils sortaient encore ensemble. Il voulait être tel que ma mère le désirait. Après leur mariage, il s'est rendu compte que cela lui était impossible. Les ayant entendus se disputer à ce sujet, j'ai donc dit à maman que notre relation s'améliorait.

— Pour la protéger ?

— Oui, je voulais qu'elle vive son conte de fées.

— Et si le prince charmant n'en était pas un ? Et le bonheur de sa fille dans cela ?

De toute évidence, Briony ne s'était pas posé ces questions. Cass faillit regretter de n'avoir pas laissé son beau-père sombrer dans la bière et les dettes.

— Trey aurait dû vous traiter comme les jumelles, sans tenir compte de votre manque de lien génétique. Il a failli à son devoir.

— Merci.

Le sourire de Briony lui réchauffant le cœur, Cass laissa le silence s'installer entre eux. Au lieu de le remplir avec un bavardage futile, elle s'absorba dans la contemplation des nuages. Il admira sa calme dignité, la trouvant toutefois troublante.

La voix du capitaine s'éleva alors dans la cabine.

— Nous traversons une zone de légères turbulences, Votre Altesse. Pourriez-vous attacher vos ceintures, s'il vous plaît ?

Ils s'exécutèrent. La bouche de Briony se pinça et ses mains s'affermirent sur les accoudoirs. Un autre point en sa faveur. La dernière femme qui avait voyagé avec Cass, une actrice, s'était mise à pousser des cris d'orfraie avant de se précipiter dans ses bras en versant des larmes de crocodile.

Les turbulences passées, il demanda :

— Avez-vous d'autres questions à me poser ?

— Où allons-nous vivre ?

— Au Linnaea, où je devrai m'assurer du bon emploi de mes fonds. Nous passerons aussi du temps au Tulay. Nous pourrons bien sûr nous rendre au Kansas quand bon vous semblera, ou bien là où vous le désirerez. Les premières années toutefois, nous ne pourrons nous absenter trop longtemps car il va y avoir beaucoup à faire.

— Donc nous élèverons nos enfants au Linnaea ? demanda-t-elle d'une voix douce.

La vision d'une fillette aux boucles rousses et aux yeux couleur ambre fusa dans l'esprit de Cass, suivie immédiatement d'une autre d'un garçonnet aux cheveux noirs et aux yeux du même vert lumineux que ceux de Briony. Avoir des enfants avait toujours été au programme pour son avenir, mais savoir qui allait être leur mère rendait cette perspective plus réelle. Et bien plus séduisante.

Cette jeune femme était patiente et forte. Aussi, même si elle avait fait preuve de trop d'indulgence envers ses demi-sœurs trop gâtées, elle excellerait en tant que mère. Et n'abandonnerait pas sa famille en cas de difficultés.

— Oui, nous en aurons au moins deux.

Briony hocha la tête.

— C'est bizarre de parler d'un engagement à vie de manière si posée.

— Plus de mariages réussiraient si les couples les abordaient avec pragmatisme.

Un petit rire lui échappa, résigné, que Cass n'aima pas. Aussitôt, il se pencha pour lui prendre la main. Heureux de voir ses joues rosir, il entrelaça ses doigts aux siens. Dieu merci, elle ne pouvait pas voir l'effet qu'elle lui faisait !

— Le nôtre n'est pas – et ne sera jamais – un mariage d'amour. Toutefois, il peut être un partenariat fondé sur le respect mutuel, la camaraderie, et la famille plus tard.

Briony s'étant détendue, il lui lâcha la main et pressa un bouton pour appeler l'hôtesse.

— Apportez-nous deux flûtes de champagne ainsi que des fraises, s'il vous plaît, dit-il avant de poursuivre à l'intention de Briony. Nous fêtons votre premier voyage hors du Midwest.

La plupart des femmes se seraient perdues en remerciements. Elle se contenta de sourire.

— Je n'en ai jamais bu en plein après-midi.

— Eh bien, votre première fois sera avec moi.

Sans relever son allusion, elle hocha la tête, puis quitta son siège.

— Je reviens dans deux minutes.

Ainsi que le voulait la politesse, Cass se leva à son tour. À cet instant, une secousse ébranla l'appareil, la projetant dans ses bras. Il la serra aussitôt contre son torse. Le calme revenu, la voix du capitaine s'éleva de nouveau :

— Je vous prie d'excuser ces turbulences, Votre Altesse, le vol devrait être calme désormais.

Dans le silence qui suivit, Cass n'entendit plus que les battements de son cœur rugissant dans ses oreilles, sentit la brûlure soudaine du sang dans ses veines et huma l'odeur du doux parfum fleuri de Briony. Il remonta sa main le long de son dos sous ses boucles cascadant jusqu'à ses reins, imagina ses lèvres sur les siennes…

À cet instant, elle releva la tête et murmura :

— Cass ?

Il desserra immédiatement son étreinte, s'en voulant d'avoir été à deux doigts de l'embrasser, puis la regarda disparaître à l'arrière de l'avion.

Une minute plus tard, Julie, l'hôtesse, arriva avec le champagne et une coupe de fraises. Il la remercia et, tout en regardant les bulles monter à la surface de sa flûte, s'énerva de son intérêt aussi inattendu que malvenu pour sa future femme.

Jusque-là, Cass avait profité de ses liaisons sans arrière-pensée, sachant que leur succession prendrait fin dès le jour où il aurait choisi une épouse. Ceci car, après avoir entendu de la bouche d'Alecine combien le regard vagabond de Daxon l'avait peinée, il s'était juré d'ajouter une clause de fidélité à son contrat de mariage. Ses besoins physiques seraient assouvis – il lui fallait des héritiers.

Il n'avait cependant pas anticipé, en jouant à être simplement Cass Morgan au cours de la semaine, voir son attirance pour Briony s'enflammer au point de devenir difficilement contrôlable.

Or il était toujours maître de lui-même. Force lui serait donc de brider ses élans, sans toutefois les réprimer totalement. En effet maintenir une trop grande distance entre eux risquait de pousser Briony à reconsidérer leur accord. Il la courtiserait, comme il en avait courtisé de nombreuses autres, tout en évitant de se laisser aller à de dangereuses émotions.

Une fois Briony revenue à sa place, Cass leva sa flûte et attendit qu'elle en ait fait autant pour trinquer.

— Aux nouvelles aventures.

— À l'inconnu, répliqua-t-elle.

6.

Cass la faisait valser dans une grande salle de bal sous des lustres dont les pampilles en cristal tintaient au-dessus d'eux. Elle riait, savourant son regard admiratif.

Soudain, son admiration disparut, remplacée par une lueur calculatrice. Effrayée, elle se retourna, mais se trouva face à Stacy et Ella, criant que leur linge n'était pas repassé. Debout à leur côté, Trey la fixait, les yeux injectés de sang, le ventre en avant, une canette de bière à la main, levant un doigt accusateur…

Briony s'éveilla en sursaut, entendit le ronronnement régulier des moteurs. D'un coup, tout lui revint.

Elle était dans l'avion privé de Cass, en route vers un nouveau pays, une nouvelle vie. Trey et les jumelles faisaient partie du passé. Soudain, l'évidence la frappa comme si quitter Nowhere l'avait forcée à ouvrir les yeux. Elle avait passé des années à s'oublier pour sa belle-famille. En un éclair elle revit le regard dégoûté de Trey et sentit son haleine avinée du dernier soir, se remémora son angoisse chaque fois qu'elle ouvrait une enveloppe en provenance des sites de jeux et contenant une nouvelle dette. Que serait-il advenu d'elle sans l'arrivée de Cass dans sa vie ?

D'autres souvenirs déferlèrent. Trey lui demandant de l'appeler par son prénom plutôt que « papa ». Trey lui tapotant l'épaule avant de serrer les jumelles contre lui. Marie lui demandant d'être plus affectueux avec elle.

Aimer sa famille n'est pas une obligation.

Les paroles de Cass s'imposèrent à son esprit. Au début, Briony était heureuse d'avoir une véritable famille comme ses camarades de classe. Quand il lui fut devenu évident que son beau-père ne la traiterait jamais de la même manière que ses propres filles, elle s'était exhortée à la patience, espérant qu'il finirait par l'aimer. Cela n'était jamais arrivé.

Et n'arriverait jamais, réalisa-t-elle brusquement. Plus rien ne la retenait au Kansas. Loin de la déprimer, cette pensée lui procura une impression de légèreté dont elle avait oublié la sensation depuis longtemps.

Ouvrant les yeux, elle releva le store du hublot. Dehors, le ciel était d'un bleu si éclatant que Briony voulut y voir un présage heureux pour la suite, une chance de repartir de zéro, d'aider au redressement du Linnaea. Et d'être enfin en relation avec son père.

Certes, Daxon n'était pas venu la voir en personne, mais il l'avait invitée à faire partie de sa vie. C'était un bon commencement.

— Notre arrivée est prévue dans quarante-cinq minutes.

La voix grave de Cass résonna au plus profond d'elle, éveillant un intense besoin de se serrer contre lui.

Briony s'efforça de le chasser. Il avait été clair. L'amour n'était pas au programme. Leur union était un arrangement servant leurs intérêts. Un point toutefois était évident à ses yeux. Son désir physique, grandissant pour lui depuis son arrivée au bar, se doublait d'un sentiment bien plus dangereux.

Quarante-huit heures plus tôt, elle n'aurait pas hésité à rechercher du réconfort en l'homme auquel elle s'attachait chaque jour davantage.

À présent, tout avait changé. Ce n'était pas elle qui l'intéressait, mais ce qu'elle représentait. Chacun de ses gestes ou attentions étaient calculés. Contrairement aux petits amis qu'elle avait eus, la question de savoir où leur relation les mènerait ne se posait pas. Leur destin était scellé.

Détournant les yeux du hublot, elle rencontra le regard ambré de Cass.

— Je suis contente de bientôt découvrir le Linnaea.

Satisfaite d'avoir réussi à dissimuler ses émotions, Briony se souvint cependant du moment où elle avait trébuché suite aux turbulences. En levant la tête, croisant son regard brûlant, elle avait espéré qu'il l'embrasse. Mais soudain une lueur dure avait obscurci ses yeux. Face à ce changement si rapide, elle avait pensé avoir imaginé y lire le désir, ou bien avoir projeté son propre désir insensé sur lui. Quoi qu'il en soit, Cass avait notablement diminué son flirt depuis cet épisode troublant. Il se comportait désormais presque en homme d'affaires. Un contraste saisissant avec leur semaine passée à se tourner autour et à échanger regards séducteurs et allusions voilées.

Ce petit jeu avait cependant eu un avantage, celui de la faire se sentir assurée, sexy. Et belle. Même si l'attitude de Cass était calculée, la sienne ne l'était pas. Briony avait à présent un aperçu de ce qu'elle pouvait être sans le poids de sa belle-famille. Une jeune femme indépendante, capable de se lancer dans une aventure à l'autre bout du monde. Un doute la tenaillait cependant. Son enthousiasme tenait essentiellement au fait d'enfin connaître son père – avec un frère en prime – la faisant imaginer un accueil débordant d'émotion où Daxon en larmes la serrerait dans ses bras. La réalité risquait d'être douloureuse si son père ne s'avérait pas ému mais distant. Le ton de sa lettre ne laissait pas présager un homme expansif…

D'ailleurs, Trey lui avait reproché de placer les gens sur un piédestal dont ils ne pouvaient que tomber faute d'atteindre son idéal. Sa remarque, faite à propos d'un garçon avec qui elle sortait à l'époque, l'avait blessée. Or elle était en train de refaire exactement la même chose, voyant en Daxon le père de ses rêves peut-être bien différent de celui qu'il était.

Et si elle avait abandonné sa vie pour se retrouver rejetée, seule dans un pays étranger et mariée à un homme dont elle ne savait quasiment rien ? Une sentence à vie…

Comme pour se mettre au diapason de ses pensées, le soleil disparut derrière un énorme nuage. La cabine s'assombrit. Le malaise de Briony s'accentua. Sa décision lui parut bien hâtive. Sa gorge se serra à la perspective de partir dans une dérive autrement plus dangereuse que celle qu'elle avait quittée le cœur presque léger.

— J'ai pris la liberté de vous acheter des vêtements pour votre séjour au palais.

La voix de Cass la tira de sa triste réflexion. Elle lui retourna un faible sourire.

— Tiens donc, jeans et T-shirts ne sont pas appropriés pour une rencontre avec le roi ?

Il eut la grâce d'ébaucher à son tour un sourire.

— Une tenue plus cérémonieuse est préférable. Suivez-moi, je vais vous les montrer.

Briony lui emboîta le pas. Sa curiosité se doubla de trouble en réalisant qu'ils arrivaient dans sa chambre à bord à en juger par le grand lit trônant au milieu. Elle vit alors trois robes étalées sur la couette, si superbes qu'elle en resta bouche bée.

— Ce sont des créations d'Anna Vega, dit Cass, une célèbre styliste très recherchée.

Précision superflue vu leur coupe et la somptuosité des tissus, songea-t-elle. Rien à voir avec la seule tenue élégante qu'elle ait jamais portée – un fourreau acheté d'occasion pour son bal de promotion.

— Et incroyablement chères, j'imagine.

Le visage de Cass se durcit.

— Ne vous souciez plus de prix, Briony.

Son arrogance l'énerva.

— Je pourrais rester en jeans et les vendre pour payer les dettes de ma famille sans être obligée de vous épouser.

Les mots à peine sortis de sa bouche, elle les regretta. Ses peurs et ses doutes l'avaient poussée à réagir avec excès.

L'expression de Cass se fit glaciale. Briony ne put réprimer un frisson. Et comme il s'approchait, elle recula, se retrouvant dos contre un placard.

— Je n'ai pas souvenir de vous avoir forcée à signer ce contrat, répondit-il d'une voix suave.

— Je n'avais pas vraiment le choix.

Il posa les mains sur le bois de chaque côté de son visage, la piégeant.

— Si. Vous en aviez trois, en fait. Or vous avez choisi : un de venir à l'aéroport, deux : de monter dans mon avion et trois : de signer.

La rage et son envie de presser sa bouche sur la sienne se livrèrent bataille en elle.

Comme s'il avait deviné ses pensées, il esquissa un froid sourire calculateur.

— Je connais les gens mieux qu'ils ne se connaissent eux-mêmes.

Et sur cette déclaration il écrasa ses lèvres sur les siennes. Ce baiser fut loin de ressembler à celui plein de douceur que Briony avait rêvé d'échanger avec le séduisant Cass Morgan de la semaine précédente. Il fut pressant, dénué de tendresse, destiné à lui prouver qui commandait. Il l'embrassait selon ses termes.

Colère, désir, espoir et doute, émotions qui s'étaient livré un combat sans merci en elle au cours des dernières quarante-huit heures, fusionnèrent soudain. Briony saisit à deux mains la tête de Cass et approfondit son baiser avec une ferveur dont elle fut la première étonnée. Après un quart de seconde de stupeur, il plaqua son corps ferme contre le sien, mêla sa langue à la sienne. Aussi dominateur que passionné, leur baiser la fit gémir tandis qu'une onde brûlante envahissait le cœur de son intimité.

Vibrant à l'unisson, Cass lui effleura les côtés de la poitrine. Haletante, Briony tendit les hanches vers lui avec une seule envie en tête. Elle voulait sentir leurs peaux nues l'une contre l'autre. Elle voulait qu'il la fasse sienne.

— Cass, je vous en prie…

Il recula brusquement d'un pas. Elle vit le feu accompagné de stupéfaction dans son regard, les muscles de sa poitrine se soulever au rythme de sa respiration endiablée puis, face à l'évidence de son désir, sentit ses joues s'empourprer et releva très vite les yeux.

Comme au ralenti, un masque tomba sur le visage de Cass. Il redevint le prince Cassius. Toujours l'homme le plus beau et sexy qu'elle ait jamais rencontré, mais désormais distant, souverain. Savoir que leur baiser l'avait lui aussi troublé lui procura toutefois un certain réconfort.

— C'était irréfléchi de ma part, déclara-t-il avant de lui indiquer les robes sur le lit. Laquelle choisissez-vous pour l'arrivée ?

— Je n'ai pas vraiment la tête à ça.

— L'avion va bientôt amorcer sa descente, alors décidez-vous.

— Et si aucune ne me plaît ?

— Eh bien, restez en jeans. Que voulez-vous que ça me fasse ?

Tournant alors les talons, il sortit de la chambre avant qu'elle n'ait eu le temps de trouver une repartie pleine d'esprit.

La porte refermée, Briony prit une profonde inspiration, destinée à calmer son esprit autant que les sensations de son corps. Ils étaient attirés l'un par l'autre, c'était indéniable.

Cela n'impliquait néanmoins pas de mettre son cœur en péril. Partout dans le monde, des gens s'embrassaient, faisaient même l'amour sans sentiments. Elle pouvait agir comme eux.

C'était d'ailleurs la condition indispensable à la réussite de leur accord.

Si elle voulait le voir réussir. Ce qui impliquait d'accepter un mariage sans amour. Un point délicat…

Comme son téléphone vibrait dans sa poche, Briony regarda un message s'afficher à l'écran à la suite de tous ceux arrivés pendant son sommeil. Dettes payées. Hypothèque de la maison remboursée. Deux comptes au solde à six chiffres établis aux noms respectifs de Stacy et d'Ella.

Elle rangea son mobile. Il n'était plus question de vouloir, mais de faire réussir l'accord.

Forte de cette certitude, elle examina les robes mises à sa disposition.

La première, rouge lie-de-vin, évasée à partir d'un large ruban à la taille lui parut trop habillée pour une première rencontre. La deuxième recouverte de dentelle bleue veinée de fils argentés, était magnifique, mais étant donné sa nervosité, elle risquait d'y faire un accroc avant même d'arriver au palais. La troisième, en revanche, était parfaite. Son corsage bleu lavande incrusté de minuscules diamants ferait ressortir la couleur de ses yeux et mettrait en valeur son teint clair. D'une élégance plus sobre, elle lui permettrait de se sentir plus à l'aise.

En proie à une soudaine impatience, Briony enfila la robe, chaussa les escarpins assortis, puis mit son téléphone dans la pochette – rien n'avait été oublié !

Dans quelques heures, elle allait enfin faire la connaissance de son père.

Elle ignora son appréhension pour se concentrer sur cette première et tant attendue rencontre.

7.

Le palais qui apparut au bout d'une longue allée serpentant sur la colline semblait tout droit sorti d'un conte de fées. Sa façade au blanc éclatant se détachait sur un fond de hauts sapins saupoudrés de neige. En haut de ses tours, des drapeaux bordeaux et or ondulaient sous l'effet de la brise.

Comme la limousine s'arrêtait au pied d'un impressionnant escalier de marbre, Briony lissa nerveusement les plis de sa jupe.

À côté d'elle, Cass ne lui avait plus adressé un mot après un « Vous êtes ravissante. » à sa sortie de la chambre. Depuis leur départ de l'aéroport, elle avait vu son expression devenir de plus en plus tendue tandis que la voiture traversait Eira, la capitale. De toute évidence, il lui était douloureux de revenir dans le pays dont il avait été arraché enfant.

Une brusque compassion la submergea. L'histoire de sa famille et de leur départ lui ayant paru très succincte, Briony avait pensé lui demander plus de détails, mais ils avaient aussitôt enchaîné sur les difficultés financières du Linnaea, et elle avait oublié. C'était regrettable. Son appréhension doublée de nervosité lui avait brouillé les idées. Résultat, en plus d'avoir perdu l'occasion d'obtenir plus amples renseignements sur sa nouvelle vie, elle n'avait pas vraiment profité de son changement de statut de barmaid esseulée en princesse secrète.

Il était trop tard à présent car un garde lui ouvrait déjà sa portière.

Cass l'escorta dans un hall monumental aux murs recouvert d'œuvres d'art anciennes, somptueux mais froid comme un vieux musée. Une telle collection dans un pays au bord de la faillite la surprit. Mais, comment juger sans savoir ? Ces tableaux faisaient peut-être partie du patrimoine national ou ne pouvaient être vendus pour une raison quelconque.

Une jeune femme aux cheveux blond pâle retenus en un sévère chignon bas sur la nuque les accueillit, tandis qu'une employée en uniforme prenait leurs manteaux.

— Quel plaisir de vous revoir, Clara, déclara Cass avec un léger sourire pour adoucir son ton sec.

— J'ai reçu votre message il y a seulement quelques minutes, Votre Altesse. Nous ne vous attendions pas avant demain. Si nous avions été prévenus de votre arrivée…

— Vous auriez privé le roi d'une surprise, or il les adore. De toute manière, Alaric m'attend.

— Le prince Alaric, le corrigea-t-elle.

— Briony, je vous présente Clara Stephenson, le bras droit de votre demi-frère. Le pays s'écroulerait sans son travail acharné.

Malgré son ton moqueur, Briony décela une pointe d'admiration dans la voix de Cass.

Clara lui fit une profonde révérence.

— C'est un honneur de faire votre connaissance, Votre Altesse. Votre frère est extrêmement impatient de vous rencontrer.

Et mon père ? se retint de demander Briony, optant pour une salutation courtoise interrompue aussitôt par Cass :

— Clara, Alaric est-il dans son bureau ?

— Oui, le *prince* est…

— Parfait. Dans ce cas, pourriez-vous faire faire une

rapide visite des lieux à Briony pendant que je vais le voir, puis nous rejoindre dans une vingtaine de minutes ?

— Que se passe-t-il, Cass ?

Il lui posa une main légère comme une caresse sur le bras.

— Je dois parler avec lui et son père avant de vous présenter.

— Je vais vous y conduire.

— Inutile, Clara, je connais le chemin.

Sur cette réponse laconique, il lâcha le bras de Briony, puis partit à grands pas.

La jeune femme lui fusilla le dos des yeux. Lorsqu'elle ramena son regard sur Briony, celle-ci y lut une émotion bien différente.

La pitié.

Le cœur de Cass battait à tout rompre. Vingt ans qu'il ruminait sa vengeance et un faux pas dans l'avion avait failli la faire échouer. Embrasser Briony avait été une terrible erreur. Déjà déstabilisé par le désir qui ne cessait de grimper entre eux depuis une semaine, entendre sa repartie provocante, puis voir son regard brûlant avait sérieusement affaibli sa volonté de maîtrise. Ensuite, sa sensualité passionnée avait failli venir à bout de lui. Dieu merci, il s'était ressaisi à temps ! Elle allait devoir apprendre qu'ils ne pouvaient laisser leur attirance les gouverner.

Un peu plus tard, en la voyant revenir dans la cabine, dos droit et menton relevé comme une princesse voyageant dans le luxe depuis sa naissance, sublime dans la robe que lui-même avait trouvée presque trop simple, il était resté subjugué, perdant momentanément l'usage de la parole.

Une fois dans la limousine où un silence oppressant régnait entre lui et Briony, le doute s'était insinué en lui pour la première fois depuis la mise en œuvre de son plan.

Les raisons de son contrat concernant son aide au Linnaea ainsi que la réinsertion de sa famille dans la haute société locale restaient valables. Par contre, son moyen d'accomplir sa vengeance avait commencé à lui poser un problème. Il s'était demandé si le coût pour sa future épouse, si belle et si digne à ses côtés – mais qu'il devinait nerveuse – n'était pas trop élevé. Doute qui s'était intensifié dans le hall de réception du palais où, en plus, elle lui avait paru perdue.

Il était cependant trop tard pour renoncer, car Cass venait de quitter les couloirs encombrés de statues et œuvres d'art diverses de l'aile principale du palais pour emprunter celui des bureaux. Malgré l'entêtement de son père à étaler ses collections à la vue des visiteurs, Alaric avait réussi à créer une atmosphère plus sobre en rapport avec les problèmes financiers du royaume à ce niveau.

Cass n'oublierait jamais l'expression arrogante de Daxon lors de sa première visite en vingt ans, un mois plus tôt, à la vue du neveu de son ancienne maîtresse devenue sa farouche ennemie arrivant entre deux gardes. Le monarque tyrannique s'était visiblement réjoui à l'idée de le faire reconduire manu militari après une semonce, il en avait été pour ses frais. Il avait en effet perdu le sourire dès l'instant où il s'était vu remettre une copie du dossier monté par Alecine, puis un second dossier sur sa fille illégitime.

À peine Cass eut-il frappé, la porte s'ouvrit sur Alaric. L'héritier du trône était une version plus robuste et masculine de son père. Ses traits durs n'étaient pas étrangers à sa réputation de leader redoutable, que sa distance naturelle envers les gens et le secret maintenu sur sa vie privée accentuaient. Bien que Daxon se soit réservé le contrôle dans de nombreux domaines, il avait laissé à son fils celui d'autres que ce dernier dirigeait avec une expertise dont même Cass était – à contrecœur – admiratif. Il avait en revanche la certitude que le jeune homme détestait son père autant que lui, si ce n'était plus.

— Bonjour, Alaric.

Le demi-frère de Briony tiqua légèrement en entendant son visiteur l'appeler par son prénom – peu de personnes se permettaient ce genre de familiarité –, mais lui serra la main avant d'entrer dans le vif du sujet.

— Elle est là ?

Cass hocha la tête.

— A-t-elle signé ?

Le nouvel acquiescement gestuel de son visiteur, provoqua un pincement de lèvres chez l'héritier qui ébaucha alors un sourire.

— Donc ton plan se passe comme prévu ?

La question fit aussitôt surgir dans son esprit la sensation du corps de Briony contre le sien, sa manière de répondre à son baiser punitif par la passion, ainsi que la vision de son expression en quittant Nowhere, à la fois triste et pleine d'espoir à l'idée de bientôt rencontrer son père. La certitude de lui offrir une meilleure vie le rasséréna, mais il regretta de ne pas l'avoir avertie que l'homme auquel il allait la présenter était pire que Trey et les jumelles réunis. Le faire ne l'aurait pourtant pas empêché de mener à bien sa vengeance, en cela Cass avait confiance en ses talents de négociateur.

L'heure n'étant pas aux regrets – et les regrets suscitant des émotions qu'il était décidé à tenir à l'écart de leur arrangement – il répondit :

— Oui. Tout se passe conformément à mon plan.

Voyant Clara regarder subrepticement sa montre, Briony interrompit ses explications.

— Vous avez certainement plus important à faire qu'une

visite guidée. Rejoignons le bureau du prince Alaric dès maintenant. Il ne devrait pas se formaliser de notre avance.

— En effet, je dois préparer une série d'événements prévus avec l'ambassade de Suisse dans les semaines à venir, et si…

Comme la jeune femme hésitait à terminer sa phrase, Briony le fit à sa place.

— Un mariage à organiser si j'épouse Cass, c'est cela ?

— Oui. Une semaine après Noël.

— Donc, abandonnons la visite, Cass a assez abusé de votre temps.

Le rire surpris de Clara transforma son visage austère. Briony la trouva soudain très belle.

— Puis-je être franche, Votre Altesse ?

— Seulement si vous m'appelez Briony.

— En privé, oui, mais en public je dois respecter le protocole.

— Bien entendu. Donc qu'est-ce qui vous inquiète ?

— Votre mariage avec le prince Cassius. Sa réputation, vous comprenez…

— Je suis consciente de son attrait pour les mannequins, actrices et autres belles femmes, répondit-elle, surprise de sentir la morsure de la jalousie. Ses aventures ont cependant cessé faire la une des tabloïds ces derniers temps.

— Je faisais allusion à ses rapports avec la famille Van Ambrose.

— Cass m'en a parlé.

Un soulagement évident détendit les traits de Clara.

— J'en suis heureuse. Sa proposition d'alliance conjugale nous a surpris, mais si vous êtes au courant…

Briony n'entendit pas la suite. L'initiative de leur mariage venait de Cass ! Elle se remémora très vite leurs conversations. À aucun moment il ne lui avait dit en être à l'origine. Cette trahison la glaça. Il avait donc tout orchestré Dans quel but, elle l'ignorait, mais le peu qu'il avait partagé avec elle lui en donna une petite idée.

De stupeur, elle appuya une main contre le mur.

L'assistante d'Alaric s'inquiéta aussitôt.

— Vous sentez-vous mal ?

— Non, mon étourdissement est dû à la fatigue du voyage.

— Asseyez-vous dans ce fauteuil. Je vais vous chercher un verre d'eau, puis vous accompagnerai dans le bureau du prince Alaric, il se trouve dans le couloir à droite.

Clara partie, Briony marcha jusqu'à l'endroit indiqué. À travers une porte entrebâillée, elle entendit une voix éraillée dire :

— Donc la date du mariage est fixée. Qu'en est-il du versement des fonds ?

— L'échéancier est inclus dans notre contrat, *Daxon*, rétorqua Cass.

Son interlocuteur était donc son père. Briony frissonna. Le passé de Daxon avec la famille de Cass pouvait justifier la froideur de sa voix, mais le dédain et l'avidité qui l'imprégnaient lui firent craindre que cet homme soit exactement comme le beau-père laissé à Nowhere.

— Pour qui vous prenez-vous, *Cassius* ? « Votre Majesté » est de rigueur lorsque vous vous adressez à moi.

— Je n'avais pas réalisé que le protocole s'appliquait entre membres de la famille royale à l'intérieur du palais.

La voix de Daxon passa de menaçante à glaciale.

— Épouser ma bâtarde n'efface pas la tache de votre pathétique lignée. Vous ne ferez jamais partie de ma famille !

— Le sang des Van Ambrose ne coulera jamais dans mes veines, mais quel effet cela vous fait-il de savoir que le neveu de la femme dont vous avez essayé de détruire la vie sera bientôt officiellement un prince du Linnaea ?

Briony ferma ses yeux envahis de larmes brûlantes.

Ses peurs se révélaient exactes. Son père était encore pire que Trey.

Que faire, à présent ? Rentrer sur-le-champ aux États-Unis ou rester pour sauver le peuple du Linnaea ?

La décision pouvait attendre. Le plus urgent était de confronter les hommes qui avaient mis sa vie sens dessus dessous. Y compris le séducteur qui l'avait trahie, même si elle ne pouvait s'empêcher de regretter ce qui aurait pu être entre eux à en juger par la passion de leur baiser dans l'avion et leur entente spontanée des premiers jours.

Après avoir séché ses larmes, Briony redressa le dos et entra dans le bureau sans se donner la peine de frapper. Au son de ses talons sur le plancher, les trois hommes tournèrent aussitôt la tête. Elle accorda un rapide coup d'œil à Cass, stupéfait de l'arrivée de sa fiancée, puis ramena son attention sur les deux autres.

Malgré son âge et sa peau à la teinte cireuse, le roi Daxon Van Ambrose restait impressionnant. Ses épaules s'étaient voûtées depuis sa relation avec Marie, mais sa minceur et ses cheveux devenus blancs lui conféraient une certaine distinction. Briony remarqua la lueur rusée dans ses yeux, du même vert émeraude que les siens.

Quant au prince Alaric, plus grand et robuste que son père, leur ressemblance la frappa. Elle lui trouva cependant un air très dur, comme si son visage avait été sculpté dans un bloc de granit.

Cass s'approcha aussitôt d'elle.

— Vous êtes en avance.

— Il n'est jamais trop tôt pour rencontrer sa famille, rétorqua-t-elle, lasse de se conformer à son programme.

— Bien sûr, Briony. Je vous présente le roi Daxon Van Ambrose et son fils le prince Alaric.

Sa joie à la perspective de leur réunion ayant laissé place dans les minutes précédentes à la colère et à la peine de s'être fait leurrer par leurs machinations et son espoir naïf, elle se contenta d'un simple :

— Bonjour.

Au diable le protocole !

Daxon fit aussitôt deux pas vers elle, bras tendus, avec un grand sourire aux lèvres qui l'aurait probablement touchée si elle n'avait pas surpris leur conversation et remarqué son air calculateur.

— Je suis si heureux de faire enfin ta connaissance, ma chère Briony.

Elle recula, lui tendant la main.

— Heureuse de pouvoir t'être de quelque utilité, *père*.

8.

Debout sur le balcon de sa suite, Briony admira le soleil en train de se coucher derrière les sommets enneigés. La vue sur les jardins et les hectares de forêts était superbe.

Tout comme l'appartement où l'avait conduite Clara à la fin de son entrevue avec Daxon et Alaric, à laquelle sa réplique narquoise avait mis fin prématurément. Son frère avait cependant sauvé in extremis la situation :

— Tu dois être épuisée après un si long voyage. Va te reposer, nous discuterons plus longuement après.

Briony avait lancé un rapide regard à Cass. Le regret qu'elle avait cru lire dans ses yeux ne l'avait pas émue. Elle lui aurait volontiers bondi dessus pour lui arracher le fameux contrat et le réduire en miettes, mais avait refusé de lui donner la satisfaction de la voir s'effondrer.

De toute manière, à quoi bon ? Il ne lui avait rien promis d'autre qu'une alliance à but financier pour chacune des parties.

Hélas, après avoir cru à ses nobles intentions de sauver le peuple du Linnaea, découvrir qu'il s'était servi d'elle pour mener à bien sa vendetta personnelle l'avait profondément peinée.

À présent, Briony se sentait vide. Ses espoirs l'avaient désertée. Son bref sentiment de confiance en elle et d'indépendance éprouvé dans l'avion n'était plus qu'un souvenir lointain. C'était bien la peine d'avoir quitté son seul monde connu pour un père qui lui aussi l'utilisait la rendait malade ! « Ma bâtarde. » Ce mot prononcé avec un dédain évident résonnait encore dans ses oreilles. Elle n'était rien de plus à ses yeux !

En plus de souffrir, elle enrageait d'avoir passé sa vie à se languir d'un homme comme Daxon. La conversation surprise lui permettait enfin de comprendre pourquoi sa mère l'avait fui. Marie n'avait effectivement fait que la protéger de lui.

Pourquoi ne s'était-elle pas contentée de l'amour d'une mère au lieu d'espérer celui d'un… géniteur ?

Que d'années gâchées…

Briony prit une profonde inspiration pour déloger la boule qui lui obstruait la gorge. Les regrets ne servaient à rien. Resserrant son châle sur sa poitrine, elle se tourna vers la fenêtre de sa chambre. Au centre, le lit rond avec ses draps de soie pourpre surmontés d'un volumineux édredon blanc trônait sur une estrade en marbre dont les marches conduisaient à une méridienne en velours du même rouge foncé entourée de fauteuils assortis. En face, un feu était allumé dans la cheminée flanquée de deux bibliothèques. Un luxe royal…

Dire qu'elle avait maintes fois levé les yeux au ciel en entendant des mannequins, actrices ou autres femmes privilégiées se plaindre de leur solitude, manque d'intimité ou autre difficulté de la vie…

À présent, l'expression *pauvre petite fille* riche prenait tout son sens.

Perdue dans sa rêverie, Briony ne remarqua l'arrivée de Cass qu'au moment où il ouvrit la porte-fenêtre. Comment un homme pouvait-il être si manipulateur et si beau à la fois ?

— Il fait diablement froid.

Le frisson qui lui parcourut le corps n'eut rien à voir avec l'air glacial.

— La température s'accorde à la personnalité de la plupart des gens présents dans le palais.

Comme il la fixait, Briony se tourna face à la balustrade. Le soleil avait disparu derrière la montagne, laissant derrière lui un horizon rose orangé, et des étoiles parsemaient le ciel.

Cass lui frôla l'épaule en venant s'accouder à côté d'elle.

— Je n'ai dit être désolé qu'une fois dans ma vie.

— Je suis surprise que vous vous soyez même abaissé à le faire, rétorqua-t-elle.

— C'était le jour où j'ai trouvé ma tante en larmes dans la misérable chambre que nous partagions, mon père, elle et moi en Italie. La culpabilité d'être à l'origine de notre bannissement du Linnaea rongeait Alecine. L'amour, en plus de la détruire, avait détruit sa famille avec, disait-elle. Je l'ai serrée contre moi et ai répondu que j'étais désolé.

— Désolé de quoi ?

— De ne pas pouvoir l'aider dans le besoin. D'être trop jeune pour m'opposer au roi.

Elle le regarda bouche bée.

— Quel âge aviez-vous ?

— Onze ans.

Une vision du jeune Cass, avec ses boucles brunes et son regard ambré innocent, essayant désespérément de réconforter sa tante, serra le cœur de Briony.

— Qu'a répondu votre tante ?

— Que ce n'était pas ma faute. Mais j'avais le sentiment d'avoir failli à ma famille.

— Mon père… Daxon a-t-il forcé votre famille à l'exil ?

— Oui. Il était l'amant de ma tante. Sentant la fin de leur relation approcher, elle lui a dit posséder des documents compromettants pour lui. Il l'a menacée de la faire emprisonner pour trahison, et tous ceux qui prendraient son parti avec.

Briony serra les doigts autour de la pierre gelée de la balustrade. Elle en avait appris beaucoup sur le véritable caractère de son père, mais qu'il puisse être capable d'une telle cruauté la révoltait.

— Je suis désolée.

— Vous n'avez pas à l'être. Ni vous ni Alaric n'êtes responsables de ce qui s'est passé.

— Daxon a-t-il su dans quelles conditions vous viviez ?

— J'en doute. De toute manière cela lui était égal. Tout ce qu'il voulait était se débarrasser d'Alecine et assurer à notre famille une réputation de traîtresse. Ainsi, personne ne croirait à ce qu'elle pourrait dire au sujet de ses ignobles activités.

Elle se souvint alors de la réplique de Cass à Daxon. *Quel effet cela vous fait-il de savoir que le neveu de la femme dont vous avez essayé de détruire la vie sera bientôt officiellement un prince du Linnaea ?*

— Donc m'épouser n'avait pas pour but le bien-être des habitants d'ici… Il s'agissait simplement d'une vengeance.

— Avez-vous une si piètre opinion de moi ?

Décelant une note triste dans son ton, Briony eut envie de le réconforter. Elle ne put cependant ignorer ses tactiques manipulatrices et traîtres à son égard.

— La vengeance peut pousser des personnes bonnes au demeurant à mal agir.

Il la regarda longuement avant de lui tendre la main.

— Pourriez-vous venir avec moi ? Je veux vous montrer quelque chose.

— Quoi ?

Cass soupira.

— S'il vous plaît, Briony, faites-moi confiance ; une fois encore.

Tiraillée entre l'envie de le suivre et la raison qui lui dictait de déchirer le contrat puis de rentrer à Nowhere, Briony mit quelques secondes à détacher sa main de la balustrade.

Cass la saisit.

— Nous allons faire un tour.

Au volant d'une voiture empruntée dans le garage du palais, Cass garda les yeux rivés sur la route, évitant de regarder sa passagère.

Le regard méprisant que Briony lui avait lancé à son entrée dans le bureau d'Alaric, suivi de son attitude glaciale l'avait dérangé plus qu'il n'aimait l'admettre.

De plus, elle n'avait pas cherché à le contacter après avoir regagné sa suite. Il avait attendu, vérifiant maintes fois le bon fonctionnement de son téléphone, ou tendant l'oreille à chaque pas dans le couloir. En vain. Finalement, bien que déplorant son manque de maîtrise, il était parti la trouver.

Conscient de l'avoir trahie, il était décidé à lui expliquer l'intégralité des raisons de sa vengeance et le rôle qu'il lui avait attribué pour l'aider à la mener à bien. Elle devait le comprendre, faute de quoi il pouvait déchirer le contrat car elle refuserait de l'épouser.

Qu'elle l'ait écouté et ait accepté sa main tendue avait été pour lui un indescriptible soulagement.

Après avoir traversé le quartier résidentiel d'Eira, Cass conduisit Briony dans un lieu différent, où les grandes demeures anciennes étaient remplacées par des maisons neuves sur trois côtés d'un square doté d'une aire de jeu, le quatrième accueillant une rangée de boutiques, des cafés, une librairie et une galerie d'art. La lumière orangée des lampadaires sur ce paysage enneigé lui donnait l'air de sortir tout droit d'une carte de Noël. Daxon était certes un horrible égoïste, mais se souciait de l'image qu'il offrait.

— Seules quelques-unes de ces villas sont occupées. Leurs propriétaires travaillent dans cette tour, précisa-t-il d'un geste, la Van Ambrose Tower, le plus récent gratte-ciel, dont 80 % des bureaux restent vacants.

Quelques rues plus loin, les élégantes habitations laissèrent place à des immeubles en brique collés les uns aux autres, de plus en plus décrépis au fur et à mesure qu'ils s'enfonçaient dans le quartier. Fini les réverbères à l'ancienne et les chaussées pavées. L'éclairage était parcimonieux – quand il fonctionnait –, l'asphalte creusé de nids-de-poule, et des poubelles encombraient les trottoirs. Penché au-dessus de l'une d'elles, un adolescent inspectait son contenu.

— Voilà ce à quoi je souhaite mettre un terme, Briony. Cette intention n'était pas mensongère. Eira dispose de quartiers agréables où habitent le peu de familles aisées restantes et offre une vitrine aux touristes, mais le reste du pays vit dans ces conditions. Internet – et donc les réseaux sociaux – sont inaccessibles de manière à passer ceci sous silence. De fidèles amis de mon père assez bien placés pour voyager, et donc communiquer, nous ont tenus au courant de la progressive dégradation du pays.

Cass la conduisit ensuite dans une rue bordée de maisons anciennes de deux à trois étages, et se gara devant l'une d'elles. En dépit de son extérieur délabré et de son jardin envahi de mauvaises herbes, sa majestueuse porte d'entrée, et les sculptures de sa façade témoignaient de sa grandeur passée.

— Enfant, j'aimais regarder le soleil filtrer à travers les vitraux des fenêtres de la cage d'escalier et projeter des taches multicolores sur le plancher, dit-il. Pendant longtemps, j'ai rêvé de revenir et d'élever mes enfants dans ce foyer où j'ai grandi.

D'un geste du menton, il lui indiqua les autres maisons

autrefois élégantes et à présent abandonnées et en état de décrépitude.

— Hélas, le rêve est fini. Toutes ces résidences sont condamnées à être démolies au printemps. Mais on peut encore aider ce pays à progresser.

Il scruta le visage de Briony dans la pénombre, anxieux d'y déceler des signes de compréhension.

Ses premières paroles depuis leur départ du palais tombèrent, dénuées de compassion.

— Vous m'avez menti.

— Non. Je dois toutefois admettre que j'aurais pu vous fournir plus amples détails sur l'histoire de ma famille et de la vôtre.

— Que s'est-il passé pour que mon… Daxon déteste tant votre famille ?

— En tant que bras droit du ministre du Trésor, mon père a eu accès à des informations édifiantes sur la manière dont le roi dilapidait les fonds publics. Il en a parlé à sa sœur, devenue la maîtresse de Daxon peu après la fuite de votre mère. Vous connaissez la suite. Mon père, ma tante et moi n'avons eu d'autre choix que fuir.

— Et votre mère ?

Cass serra les doigts autour du volant.

— Elle a choisi de rejoindre ses parents à Paris. Nos comptes ayant été bloqués, elle a préféré le confort familial à une vie de misère et d'errance.

— Elle n'a pas voulu vous emmener ?

— Si, mais j'aurais dû promettre de ne jamais revoir mon père.

— C'est affreux ! s'exclama Briony.

— Ma mère était furieuse que mon père prenne le parti de sa sœur au lieu d'aller la livrer à Daxon et le convaincre de sa propre loyauté, ce qui nous aurait assuré de garder notre fortune et notre place dans la haute société du Linnaea.

— Où êtes-vous allés ?

— À Rome où nous avons vécu un an dans la misère noire. Munis de nouvelles identités, mon père et ma tante ont accumulé les petits boulots. Un soir de désespoir, Alecine m'a confié combien elle aurait aimé anéantir Daxon et nous sauver, son père et moi.

— Et vous avez alors décidé de la venger, n'est-ce pas ?

— Oui. Mon père avait perdu ma mère, la femme qu'il aimait, celle qui avait refusé un beau parti pour le suivre quand il n'était qu'un jeune avocat.

— Le voir soutenir votre tante l'a peut-être blessée.

— Non, mon père savait que tôt ou tard notre famille serait visée, il le lui a expliqué. Partir tant que cela était encore possible était la seule solution. Elle a sauvé sa peau sans se soucier de lui.

De rage, Cass frappa le volant de ses deux mains. Au lieu de chercher à le calmer, Briony continua de l'observer de ses yeux si semblables à ceux de Daxon. Mais loin d'être dur, son regard était doux, une véritable fenêtre sur son âme.

— De toute évidence, la chance a fini par sourire à votre tante.

Il sourit.

— Alecine est une femme pleine de ressources. Elle a été embauchée comme croupière dans un casino. Daniel Calas, le prince régnant du Tulay l'a remarquée. Son intelligence et sa classe l'ont impressionné. Il est revenu tous les soirs et lui a demandé sa main à la fin de son séjour.

— C'est très romantique.

— Oui. Daniel était veuf et souffrait de solitude. Il a apprécié sa droiture – elle n'a jamais essayé de le favoriser à la table de black jack – et le fait qu'elle ne lui fasse pas de courbettes, contrairement à tous ceux au courant de son statut. Les journalistes, qui ont découvert son passé avec votre père, l'ont qualifiée de « croqueuse de diamants à la recherche d'une couronne », mais très vite tous ont reconnu son mérite dans les réformes apportées au Tulay et les gens l'ont adorée.

— Et vous-même êtes devenu milliardaire.

— Cela ne s'est pas fait du jour au lendemain. Daniel m'a offert les meilleures études possibles. Mes diplômes obtenus, il m'a confié la direction d'une de ses sociétés de transport maritime. J'ai investi mes gains dans l'immobilier, le tourisme et divers autres secteurs. Mon travail a payé. Tout cela dans le but de revenir au Linnaea et d'offrir à votre père un prêt pour redresser le pays.

— D'après le peu que j'ai surpris de votre conversation avec lui cet après-midi, accepter cet argent du neveu d'une ancienne maîtresse qui avait failli le faire choir de son piédestal ne lui a guère plu.

— Ça l'a carrément enragé, vous voulez dire, répliqua Cass en souriant. Mais Daxon est très fier, je savais donc qu'une offre financière seule n'aurait pas suffi à influencer sa décision – même si personne d'autre n'aurait mis autant d'argent en jeu pour un pays dans un tel état.

— Mais mon arrivée faisait une différence.

— Oui. Daxon est un coureur de jupons. C'est de notoriété publique. Être photographié en compagnie d'une conquête ne le dérange pas, en revanche il a toujours réussi à garder privés les détails scabreux de ses liaisons. Si la presse révélait qu'il avait une enfant illégitime dont il n'avait jamais assuré la subsistance – ni celle de sa mère – et dont il ne se souciait toujours pas après en avoir appris l'existence, cela aurait été la fin de sa vie politique. Il est malade, n'a plus qu'un an au plus à vivre selon les médecins. Malgré sa haine envers les miens, accepter mon offre financière et notre mariage lui permettait de réparer officiellement ses torts passés envers vous. Mon entrée dans sa famille était la garantie indispensable pour qu'il respecte mes termes.

— En fait, vous faites d'une pierre deux coups. En plus d'être reconnu comme le sauveur de votre pays natal, grâce à votre entrée dans la famille royale vous rétablissez l'honneur des Adama au Linnaea.

Le ton froid de Briony blessa Cass. Présentée ainsi, son intervention semblait impitoyable. Il cherchait à atténuer l'impact de sa franchise lorsqu'elle demanda :

— Daxon aurait pu demander à Alaric d'épouser une femme apte à lui apporter un soutien financier, ou se marier lui-même. Pourquoi ne l'a-t-il pas fait ?

— Alaric est fiancé à une héritière qui semble prendre plaisir à le faire attendre. Quant à Daxon, sa réputation l'en empêche. Aucune femme fortunée de la haute société n'accepterait de l'épouser.

— Entre alors en scène le chevalier sauveur ! Trois petits tours, et vous voilà.

Ignorant l'ironie, Cass leva les mains, paumes vers le ciel.

— Oui, me voilà. Vous connaissez à présent l'intégralité de cette sordide histoire.

— Vous servir de moi ne vous a pas gêné, dirait-on.

— Vous avez toujours eu le choix de refuser. Lors de notre dernière soirée au Ledge, je vous ai expliqué exactement en quoi consisterait notre mariage et quels avantages vous en retireriez.

— Mais vous avez insinué que mon père désirait me voir, tout en sachant pertinemment qu'il se fichait *royalement* de moi ! À mes yeux, il s'agit là d'un mensonge d'importance.

Cass admira le courage de Briony. Déterminée, elle ne

capitulait ni ne renonçait. Il n'aurait pu choisir meilleure épouse. Toutefois, s'il ne faisait pas amende honorable cela revenait à agir à l'instar de Daxon qui avait menti et manipulé toute sa vie. Cette pensée le glaça. Sa vengeance l'avait aveuglé au point d'ignorer la bassesse des moyens employés pour la mener à bien.

Il regarda Briony droit dans les yeux pour la première fois depuis leur baiser dans l'avion. Elle s'était appuyée contre la portière pour accroître la distance entre eux. Honteux d'avoir trompé celle qui avait tout abandonné pour le suivre dans l'espoir d'une vie meilleure, il déclara :

— Je vous présente mes excuses, Briony. Je suis désolé de vous avoir menti. Je vous ai utilisée comme l'ont fait votre beau-père, ses filles et votre père.

Dans le silence qui suivit, Cass songea que si elle le sommait de la ramener sur-le-champ aux États-Unis, il le ferait. Il ne méritait pas mieux. Il n'aurait pas dû la laisser croire à une réunion heureuse avec un homme qui se fichait d'elle.

Briony parla enfin.

— Même si je suis encore en colère contre vous, Cass, vous n'êtes pas aussi mauvais qu'eux, et surtout que Daxon.

— Je suis heureux de vous l'entendre dire, mais comment en êtes-vous arrivée à cette conclusion ?

— À part cette insinuation et le fait de me dissimuler votre identité pendant une semaine, vous avez été franc sur tout le reste, en particulier sur ce que vous attendiez de notre mariage.

— Je tenais à être honnête sur ce point. Même si son but était de nous permettre d'aider mon pays natal et votre belle-famille, nous pouvons avoir une vie agréable ensemble.

Briony tourna les yeux vers la maison. Cass suivit son regard, se remémorant son bonheur lorsqu'il écoutait son père lui raconter des anecdotes de sa vie au bureau et sa fierté de savoir qu'il travaillait à rendre leur pays plus fort. Une époque révolue.

— Et nos enfants, reprit-il, car nous en voulons tous les deux, ne manqueront de rien.

— Et l'amour ? demanda-t-elle si bas qu'il faillit ne pas l'entendre.

— Que voulez-vous dire ?

— Serez-vous capable d'aimer vos enfants, ou les priverez-vous de ce dont ils ont le plus besoin ?

Cass ravala sa colère. Briony avait le droit de poser la question.

— Autant l'amour romantique est hors de question, autant celui paternel est important. J'aimerai tous les enfants que vous me donnerez.

Il s'était attendu à la voir sourire ou approuver, mais elle se contenta d'un léger hochement de tête. Puis, après un long silence, demanda :

— Pourriez-vous me ramener, maintenant ?

Ce furent ses seules paroles jusqu'à leur arrivée dans le garage où, le moteur à peine arrêté, elle détacha sa ceinture et partit en direction de l'ascenseur.

— Attendez, Briony.

Elle se retourna comme au ralenti.

— Je suis désolé de vous avoir blessée.

Sans un mot, elle appuya sur le bouton et s'engouffra dans la cabine.

Son brusque départ le déstabilisa, Sa vengeance eut soudain un goût amer. Il aurait pu faire son devoir et sauver son pays natal sans mettre sens dessus dessous la vie de Briony.

Ceci à peine pensé, Cass se ressaisit. Son mariage restait une garantie importante qui, en plus de solidifier les liens entre le Linnaea et le Tulay, l'assurait de la coopération de Daxon.

Pour réussir, il devait se concentrer sur son but et surtout maîtriser les émotions compliquées que faisait naître en lui sa future épouse.

9.

Dès son retour au palais, Briony prétexta la fatigue pour dîner dans sa suite. La dernière bouchée avalée, elle se réfugia sous le gros édredon.

C'en était fini de son rêve d'enfance. L'heure était venue de faire le deuil du père imaginé en héros, selon les jours pompier, explorateur ou astronaute, mais toujours bon, courageux et dévoué à elle dès la seconde où ils se retrouveraient.

Peu à peu sa peine se métamorphosa en colère. Une chance qu'elle ne l'ait pas su mourant avant son arrivée à Eira, cela l'aurait anéantie. Dire que savoir sa fin prochaine n'incitait même pas Daxon à accueillir sa fille à bras ouverts, à profiter du temps qu'il leur restait ensemble ! Une preuve, si besoin était encore, de sa cruauté.

Cass en revanche inspirait plus de mansuétude à Briony. Il lui avait menti, mais s'était excusé, deux fois même. Il avait aussi eu le courage de maintenir sa position concernant leur mariage quand il aurait pu jouer la carte de l'amour ou de la séduction afin d'assurer le bon déroulement de la suite.

Cela la rassura. Elle avait correctement jugé son caractère. C'était un homme bon s'efforçant d'aider son pays natal et sa famille. Seul un point la troublait à son sujet. Après avoir souligné à maintes reprises le côté dénué de sentiments de leur mariage, il l'avait embrassée avec passion pour retrouver son attitude distante dans la minute suivante. Arriverait-il à rester aussi détaché lorsqu'ils vivraient ensemble ? Elle, qui retenait déjà son souffle à la seule perspective de sentir leurs corps nus l'un contre l'autre, craignait de ne pas en être capable. Surtout quand produire des héritiers était au programme !

Et serait-elle assez forte pour respecter le contrat signé et épouser un homme sans amour, même pour le bien de Trey, des jumelles et des habitants d'un pays ?

Elle s'endormit sur ces interrogations.

Le lendemain, la matinée passa dans un tourbillon d'occupations. Après l'exposé du programme de la journée par Clara vinrent les essayages, suivis d'un passage entre les mains d'une esthéticienne puis d'une coiffeuse.

Une fois seule devant le miroir, Briony eut du mal à se reconnaître dans sa robe blanche à la large ceinture du même vert que le volant qui bordait la jupe et aux émeraudes entourées de diamants scintillant à ses oreilles.

Alors qu'elle la remontait, la fermeture Éclair se coinça dans la dentelle de son soutien-gorge. Pestant entre ses dents, elle regrettait d'avoir renvoyé Clara pour s'habiller seule lorsqu'on frappa à la porte.

Briony l'ouvrit en coup de vent :

— Dieu merci, Clara, vous êtes…

La fin de sa phrase mourut sur ses lèvres à la vue de Cass, superbe en costume gris.

— Que se passe-t-il ?

— Ma fermeture Éclair est bloquée.

— Tournez-vous.

Elle s'exécuta, se demandant si l'inflexion rauque de sa voix était le produit de son imagination, et vit leur reflet dans le grand miroir en pied. Son teint mat paraissait plus sombre à côté de la blancheur éclatante de sa robe et sa large carrure la faisait paraître minuscule.

D'un geste habile, il décoinça la fermeture qu'il remonta jusqu'à son cou.

— Merci, murmura-t-elle troublée de sentir son parfum boisé.

— Je vous en prie.

Il recula d'un pas. Elle se retourna.

— Vous allez attiser la jalousie des autres familles royales européennes en accédant au sommet de la liste des femmes les plus élégantes.

À ce compliment souligné d'un regard admiratif, elle sentit une douce chaleur l'envahir.

— Je vous remercie. Vous êtes très élégant vous aussi. Mais quel est le but de cette visite surprise ?

— La conférence de presse est dans un quart d'heure. Clara est déjà sur les charbons ardents.

Briony, qui n'avait jamais encore été sous les feux des projecteurs, crispa les doigts à la perspective de cette présentation officielle suivie d'un cortège à travers la ville et d'un déjeuner avec les membres du gouvernement et les dignitaires du pays.

— Si vous avez changé d'avis…

— Non, l'interrompit-elle en prenant son manteau, son sac et ses gants posés sur le lit. Je suis seulement inquiète à l'idée d'être exposée aux regards. Que se passera-t-il si je fais une erreur ?

Le rire chaleureux de Cass calma quelque peu son agitation intérieure.

— Vous en ferez, mais n'oubliez pas qu'hier vous vous êtes tenue devant votre père et lui avez dit sans détour voir clair en lui.

Il lui prit alors une main, l'effleura d'un baiser, puis déclara :

— Vous méritez votre titre de princesse plus qu'aucune femme que j'aie connue.

Encore frissonnante après ce bref contact des mains de Cass sur sa peau et l'admiration évidente qui brillait dans son regard aux reflets ambrés, Briony balbutia un remerciement.

Elle se ressaisissait à peine lorsque Clara s'encadra dans la porte, tablette dans une main, téléphone dans l'autre.

— Êtes-vous prêtes, Vos Altesses ? La conférence de presse va commencer.

— Bien sûr, Clara, répondit Cass. J'admire votre professionnalisme.

— Je vous remercie. Vous êtes très belle, princesse Briony. Si je puis me permettre, j'ajouterai que vous êtes un homme très fortuné, monsieur.

Il accepta ce commentaire d'un hochement de tête, avant d'offrir son bras à sa fiancée.

Briony posa la main au creux du coude de Cass, gardant le regard fixé droit devant. Pour que leur relation fonctionne, conserver une distance certaine entre eux était impératif. Elle avait plutôt bien réussi à la faire la veille malgré ses révélations poignantes. Elle devait continuer, et y réussirait.

C'était le seul moyen de tenir parole tout en conservant un cœur intact.

Le silence de Briony durant leur marche jusqu'à la pièce où avait lieu la conférence de presse inquiéta Cass. Le programme était peut-être trop chargé pour sa première journée. Par chance, elle ne serait exposée qu'aux photographes car seul le porte-parole du palais s'exprimerait et répondrait aux questions des journalistes.

Après une brève hésitation devant la porte de la salle, elle prit une profonde inspiration, raffermit la main posée sur son bras et passa devant les huissiers qui ouvraient les deux battants, tête haute et dos droit.

Cette première épreuve passée, ils s'installèrent côte à côte dans le carrosse pour le trajet jusqu'à la salle de bal d'un grand hôtel où devait se tenir le déjeuner. Après avoir conquis les journalistes, le sourire de Briony lui valut les acclamations des habitants d'Eira massés sur les trottoirs de rues pour assister au passage de leur princesse.

Cette traversée de la capitale se transforma vite en calvaire pour Cass. En effet, la brise froide qui leur fouettait le visage intensifia sa perception de la chaleur de la jambe de Briony proche de la sienne, ravivant son désir d'autant plus qu'il le réfrénait depuis leur voyage en avion.

Fort heureusement, l'hôtel fut bientôt en vue. Dès la descente de Briony, une petite fille, échappant aux regards des policiers faction, se précipita un bouquet à la main. La grâce dont sa fiancée fit preuve pour le prendre emplit Cass de fierté. Sa force, son charisme et son humanité feraient d'elle une meneuse exceptionnelle.

Il découvrit très vite ne pas être le seul à admirer ces qualités. Dès leur entrée dans la salle de réception, les invités se pressèrent autour d'eux pour être présentés à Briony et la féliciter. Son habileté à détourner les allusions interrogatives à ses origines le stupéfia. En quelques heures, elle avait acquis l'assurance doublée de diplomatie que les gens haut placés mettaient parfois des années à maîtriser.

Sa fiancée étant la vedette de l'événement, Cass s'écarta du groupe formé autour d'elle pour observer. Les regards envieux des femmes ne le surprirent pas. En revanche, ceux des hommes visiblement tombés d'emblée sous son charme lui firent expérimenter un sentiment inconnu jusque-là…

La jalousie.

En allant la chercher dans sa suite, il ne s'était attendu ni à la trouver aussi resplendissante ni au flot d'adrénaline qui s'était déversé dans ses veines au bref contact de ses doigts sur la peau de son dos. En un éclair, son pouls s'était accéléré, les battements de son cœur s'étaient faits assourdissants et son corps entier s'était dangereusement manifesté.

La présentation officielle de Briony étant faite, la bague de fiançailles à l'impressionnante émeraude passée à son index, et aucun obstacle à leur mariage en vue, Cass se trouvait face à un problème jamais envisagé : son attirance pour elle.

Loin de le déranger, il aurait trouvé bienvenu un simple intérêt physique, aussi intense soit-il. Par contre, les émotions ne cessant de s'imposer à lui malgré ses efforts pour les réprimer, et ne faisant pas mine de vouloir se calmer, étaient dangereuses.

C'était sous l'effet de l'une d'elles qu'il avait conduit Briony devant sa maison familiale. Détour bien inutile quand la vue des quartiers pauvres d'Eira avait suffi à lui faire prendre conscience de la misère régnante, à éveiller sa compassion.

Mais au lieu de s'en tenir à une visite déjà suffisamment édifiante, sous l'effet d'une pulsion, il avait voulu lui montrer qu'il n'était pas un prince gâté avide de vengeance, mais un homme désireux de faire son devoir.

Cass fit de nouveau face à la question qui l'avait hanté la nuit durant. Pourquoi avoir cédé à cette force intérieure ? Il n'y vit qu'une réponse. Au bref regard de Briony sur lui à son entrée dans le bureau d'Alaric, il avait su qu'elle le considérait comme un traître, sentiment intensifié par sa froideur dans les heures suivantes.

Sentant une présence à ses côtés, il tourna la tête.

— Que faites-vous là, Daxon ? Ne devriez-vous pas vous occuper de vos invités ?

— Je venais chercher ma fille.

Énervé par l'air bon enfant du roi, Cass ne put retenir une pique.

— Dites plutôt votre monnaie d'échange.

— Cette idée était la vôtre, Cassius, rétorqua Daxon sèchement. Vous m'avez acculé.

— Vous aviez acculé votre pays à la misère avec vos dépenses irresponsables !

À cet instant, Cass sentit le bras de Briony se glisser sous le sien comme s'ils étaient intimes depuis des mois.

— Vous devriez baisser le ton, messieurs, vous allez attirer l'attention. Que se passe-t-il ?

— Un reporter a demandé une photo de nous, or votre fiancé estime que ma place n'est pas auprès de vous. Je ne me souviens pas avoir lu ceci dans le contrat.

— Vous avez déjà suffisamment de stress aujourd'hui, Briony, expliqua Cass à voix basse, j'ai préféré vous en éviter davantage.

La douceur qui imprégna les traits de Briony le fit soudain se sentir dans la peau d'un valeureux chevalier.

Elle lui serra brièvement le bras.

— Je vous remercie, mais je suis capable de gérer mon père.

Cass les regarda s'éloigner ensemble, quelque peu rasséréné. À en juger par son comportement du jour, Briony serait parfaitement capable d'assumer ses futurs devoirs et de mener une vie indépendante de lui lorsque leur présence ensemble ne serait pas requise.

C'était ce qu'il avait voulu. Pourtant, il se sentait soudain dépossédé comme s'il venait de perdre quelque chose d'une incroyable valeur.

Voilà pourquoi les émotions doivent être gardées à distance, songea-t-il avec humeur. En plus de perturber, elles compromettaient le bon déroulement de tout ce à quoi elles touchaient.

10.

Le temps avait filé depuis la présentation officielle de Briony, une semaine auparavant. Son emploi du temps réglé à la minute près lui réservait chaque jour un entretien avec Alaric. Elle avait été surprise de le trouver beaucoup plus chaleureux hors présence de son père. Petit à petit un lien s'était tissé entre eux. Le prélude à une amitié, peut-être…

Daxon, en revanche, se désintéressait ouvertement d'elle. C'était aussi bien car sa seule vue ne lui inspirait que dégoût. Lors de leurs rares rencontres en privé, il se contentait de la saluer de la tête. Devant les gens, il lui tapotait l'épaule ou lui déposait un froid baiser sur la joue. Gestes tolérables dans la mesure où ils étaient peu fréquents et requis par leur parenté. En fait, par un accord tacite, tous deux évitaient de se voir autrement que lors des nécessaires engagements en public.

Au fil des jours, la colère de Briony contre Daxon s'était atténuée. C'était probablement dû au fait que, consciente de son véritable caractère, elle n'attendait plus rien de lui. Et au fait de se sentir plus forte que jamais, car être libérée du poids de sa belle-famille lui permettait de se concentrer sur des projets qui lui tenaient à cœur.

Elle avait confié l'un d'eux à Alaric lors d'un de leurs entretiens matinaux. Il avait d'emblée approuvé et soutenu son idée de rétablir un système d'éducation correct au Linnaea. Dès le lendemain de leur discussion, Briony avait donc formé un conseil composé d'anciens enseignants, d'administrateurs et de professionnels. Passer en revue les différents problèmes et chercher les solutions à leur apporter avait eu deux mérites. Le premier de la passionner. Le second d'éloigner son fiancé de ses pensées.

Oublier ce dernier était cependant une tâche ardue, car dès que sa concentration faiblissait, le visage de Cass s'imposait à son esprit. En une semaine, elle n'avait fait que le croiser et partager un repas avec lui et Alaric. Il s'était montré courtois, et peu bavard. En fait, depuis sa tentative chevaleresque de la protéger de Daxon, Cass était redevenu le prince distant d'après leur baiser dans l'avion. Briony, hélas, ne pouvait bloquer les réactions de son corps à sa seule présence. Le son grave de sa voix résonnait jusque dans son intimité. Son lent sourire accélérait les battements de son cœur. Et ses questions judicieuses à propos de son projet lui avaient rappelé leurs discussions du temps béni où il était encore à ses yeux Cass Morgan, un homme simplement très séduisant avec qui elle flirtait.

Briony savait, en signant le contrat, qu'elle tirait un trait sur son rêve de perdre sa virginité entre les bras de l'homme aimé qui lui retournerait ses sentiments. Ce regret s'était atténué à la pensée des délices qui l'attendaient le jour où Cass et elle exploreraient la passion couvant entre eux depuis l'entrée dans le bar de Nowhere.

À présent, elle se demandait s'ils retrouveraient un jour leur complicité d'alors et ne savait si elle devait se réjouir de la série d'événements programmés à partir du week-end ou l'appréhender. En effet, du premier – la visite d'un hôpital – au dernier – un gala pour l'inauguration officielle d'une exposition au nouveau musée d'Eira – ils allaient être en contact quasi constant.

Refermant le dossier sur lequel ses pensées vagabondes

l'empêchaient de se concentrer, Briony décida d'aller faire de la luge. Air frais et exercice lui feraient le plus grand bien.

Après avoir traversé le jardin à l'arrière du palais, elle s'engagea dans une allée bordée de rosiers grimpant sur des espaliers et dont les branches nues étaient recouvertes de neige. Le printemps venu, ces arbustes seraient sans aucun doute couverts de roses odorantes aux couleurs éclatantes. Ce serait l'endroit idéal où venir se promener.

Une fois sortie de la roseraie, Briony monta la colline, s'assit sur sa luge puis s'élança sur la pente. Dans la seconde suivante, l'air frais lui fouettait le visage. De bonheur, elle renversa la tête en arrière en ouvrant la bouche pour avaler les flocons. Elle la releva juste à temps pour éviter un arbre au bas de la piste improvisée. Abandonnant sa luge, elle se laissa tomber dans la neige relevant simultanément bras et jambes à l'horizontale, puis s'immobilisa, rêveuse.

Le plaisir d'être dans cette vaste étendue blanche sous le ciel au bleu cristallin lui fit un instant oublier les interminables réunions et autres devoirs de la vie au palais, sans parler des incessantes questions de Clara au sujet du mariage.

Un bruit la tirant soudain de sa rêverie, Briony se releva sur ses coudes et vit une grande silhouette tout de noir vêtue arriver en courant. L'instant suivant, Cass se penchait sur elle.

— Ne bougez surtout pas, ce serait dangereux si vous êtes blessée. Je vais appeler le médecin.

— Rentrez votre téléphone, Cassius, je n'ai rien. Je m'amusais à faire un ange de neige. Regardez donc les marques.

— En vous voyant allongée au sol, je me suis inquiété.

— Je suis capable de m'occuper de moi-même.

— J'en suis parfaitement conscient.

Le ton irrité de Cass surprit Briony mais avant qu'elle

ait pu lui demander de préciser le sens de sa réponse, il lui avait saisi les mains pour la relever.

— Quoi qu'il en soit, vous risquez d'attraper des engelures en restant trop longtemps dans la neige.

— J'ai grandi dans le Kansas, je sais les éviter.

Sur ce, Briony attrapa la corde de la luge.

— Que faisiez-vous ici, au fait ?

— J'étais allé dans votre suite confirmer l'emploi du temps de demain. Votre assistante m'a dit que je vous trouverai ici.

— Vous auriez pu m'envoyer un texto.

— J'étais saturé après trop de temps passé sur des rapports financiers et dans des comités. J'ai pensé que marcher au grand air me ferait du bien.

Il lui prit alors la corde des mains.

— Votre sens du devoir va jusqu'à tirer ma luge ?

— C'est possible.

L'entendre rire surprit Briony. Une question lui monta aux lèvres, qu'elle retint. En dépit de l'attitude autoritaire de Cass et de son besoin de la protéger, il aurait été dommage de gâcher leur premier moment seul ensemble de la semaine. C'était agréable de marcher côte à côte dans le silence.

— Qu'est-ce qui vous tracasse ? demanda-t-il soudain.

— Pardon ?

— Oui, lorsque vous ne voulez pas partager vos soucis, une petite ride se forme entre vos sourcils et vous vous mordez la lèvre.

Briony rit.

— J'ignorais être si transparente, mais vous avez raison. Je me demandais si vous ne vous concentriez pas trop sur votre devoir et pas assez sur votre vie.

Cass restant un long moment silencieux, elle se maudit d'avoir été si franche. Être fiancée à cet homme et avoir échangé un baiser avec lui ne lui donnait pas le droit de s'immiscer dans sa vie privée, surtout lorsque leur mariage se résumait à un arrangement d'affaires.

— Qu'est-ce qui vous pousse à poser cette question ? finit-il par demander au moment où ils atteignaient le sommet de la colline.

— Votre but était la réhabilitation de votre famille, or vous l'avez obtenue, mais vous ne semblez pas heureux.

— Je ne le suis pas.

Briony le fixa, stupéfaire d'obtenir une réponse, qu'elle n'avait pas espérée, surtout si franche.

— Pourquoi ?

— J'ai pensé au début qu'il s'agissait de sorte de vide, comme on en éprouve parfois après avoir attendu longtemps quelque chose, mais à présent…

Sa voix s'estompa, son regard se perdit sur les hauts sapins, puis il reprit :

— Ma vie a été focalisée sur ma vengeance. À mon arrivée ici, je me sentais puissant, fier de réparer les torts faits à ma famille et d'apporter un renouveau au Linnaea. Ce sentiment de vide est apparu après avoir reconnu la manière dont je vous ai traitée.

Briony lui posa une main sur le bras.

— Je vous pardonne, Cass. Même si ce n'était pas un moyen très honorable d'atteindre votre but, je savais vos intentions louables.

D'une secousse du bras, il délogea sa main et fixa sur elle un regard désormais sombre

— Ne me cherchez pas d'excuses. Ma seule intention était d'acculer votre père, de le forcer à m'obéir, comme il a forcé ma tante à l'exil. Je voulais vous amener devant lui pour lui rappeler le mal qu'il avait fait. Votre seule existence est une atteinte à sa fierté.

Bien que chacun des mots de Cass soit l'équivalent d'un coup de poing en pleine poitrine, Briony le défia :

— Et maintenant, est-ce pour me tenir à distance que vous me dites cela ?

— Non, je vous le dis parce que c'est la vérité !

— Une demi-vérité. Vous oubliez vous être excusé et m'avoir toujours laissé le choix.

— Peu importe. Je n'aurais pas dû vous mettre dans cette situation en premier lieu.

— En effet, mais on fait tous des erreurs. La bonne attitude est de les admettre et d'aller de l'avant. Daxon, lui, reste englué dans son égoïsme. Il a accepté ce contrat pour sauver son image plus que pour sortir son pays de la misère dans laquelle il l'a mis. Trey et les jumelles se souciaient de leur chagrin sans essayer de le surmonter ensemble en famille. Ces gens ne s'intéressent qu'à eux-mêmes. Vous – ajouta-t-elle en pointant un doit sur son torse – n'êtes pas comme eux !

Cass la fixa, mâchoire serrée, du feu dans les yeux. La colère avait disparu, l'atmosphère entre eux s'était chargée d'électricité.

S'il vous plaît, embrassez-moi encore.

Il recula brusquement comme si elle avait parlé à voix haute.

— Vous avez un très grand cœur, Briony, à toujours chercher à excuser les gens qui vous ont blessée.

Le voyant entamer la descente, elle lança :

— Votre réel problème est votre arrogance. Vous êtes prétentieux, guindé, ennuyeux.

Cass revint aussitôt vers elle, le regard brûlant.

— Personne ne m'a jamais traité d'ennuyeux, je puis vous l'assurer.

— Regardez-vous. Vous avez passé vingt ans, focalisé sur votre vengeance, et maintenant que vous l'avez obtenue vous vous noyez dans la culpabilité et le travail. Quand allez-vous commencer à vivre ?

— Dit celle qui a passé six mois à être l'esclave d'une famille abusive ?

Briony releva le menton, décidée à lui cacher combien son propos la blessait.

— En attendant, j'ai choisi de partir. Mais que faites-vous ?

— Je travaille à sortir ce pays de la misère.

— Oui, à l'aide de paperasse et de réunions, toujours sérieux à l'extrême, mais ne voyez-vous pas ce que vous ratez ? demanda-t-elle en lui montrant la pente enneigée À quand remonte votre dernière partie de luge ?

Il la regarda bouche bée.

— À mon enfance.

— Vous me disiez ne pas être ennuyeux, alors prouvez-le moi, montez sur cette luge.

— Pas question.

— Je vois, vous avez peur, rétorqua-t-elle, narquoise, tout en s'asseyant sur la luge, mais ça ne m'enlève pas de l'idée que…

Le reste de sa phrase mourut sur les lèvres de Briony lorsque les bras de Cass se refermèrent autour de sa taille tandis que, son dos pressé contre le sien, celui-ci lui murmurait à oreille :

— C'est bon, allons-y.

Dans la seconde suivante, il les avait propulsés sur la pente. Sous l'effet de leurs poids combinés, la luge prit de la vitesse. Briony éclata de rire. Au moment où ils arrivaient sur le plat, un rocher souleva les patins les envoyant valser dans les airs. Avant même de réaliser ce qui venait d'arriver, elle sentit Cass atterrir sur elle.

Il roula sur le côté, puis lui écarta les cheveux du visage avant de demander :

— Rien de cassé ?

— Non. Je ne suis jamais allée aussi vite !

— C'est donc ça, votre idée de la vie. La mienne est différente.

Troublée de sentir sa main sur sa joue, elle resta muette, le cœur battant à tout rompre.

— Avez-vous pensé à ce que sera la nôtre ensemble ?

Après avoir si souvent imaginé leur intimité, nier lui était impossible. Elle avoua en un murmure :

— Oui.

Le regard de Cass s'intensifia, sa tête s'approcha et il posa les lèvres sur les siennes en douceur. Briony lui enroula les bras autour du cou. Il approfondit son baiser, faisant preuve d'une passion encore inégalée. Elle gémit, se cambra contre lui, partageant son ardeur.

Il fit alors glisser la fermeture Éclair de sa doudoune, écarta le col de son chemisier puis embrassa le renflement de ses seins. Elle gémit, s'abandonnant aux délicieuses sensations qui l'envahissaient.

— Oh ! Cass…

Il releva aussitôt la tête.

— Si je ne m'arrête pas immédiatement, je vais vous emporter dans ma chambre et il n'y aura plus de retour possible.

Briony le désirait de toutes les fibres de son corps, mais faire l'amour avec lui revenait à s'exposer à un nouveau rejet. Après celui de sa belle-famille, puis de Daxon, ce serait trop douloureux. Sans compter que cela lui ôtait la chance de se donner à un homme qui l'aime.

Cette idée la glaça. Elle déglutit.

Cass se releva alors d'un bond, puis lui tendit une main.

Elle la prit. Avant même qu'elle n'ait retrouvé la parole, il avait attrapé la corde de la luge et s'éloignait vers la roseraie.

En proie à une vive émotion, Briony voulut lui crier

d'attendre, mais les mots se bloquèrent dans sa gorge. Il lui avait assez souvent répété que leur mariage serait dénué d'émotions. Lui céder sous le coup des siennes ne serait pas judicieux. Elle le rejoignit donc.

Arrivés au palais, ils se séparèrent sans un mot.

Une fois dans sa suite, Briony s'immergea dans un bain chaud dans l'espoir de supprimer les sensations qu'avaient éveillées les lèvres de Cass sur son corps.

Tous deux voulant des enfants, le moment viendrait où ils devraient être intimes. Le repousser jusqu'à ce qu'ils se connaissent mieux était indispensable car si ses baisers seuls déclenchaient en elle une telle passion, s'endurcir était impératif.

En aucun cas, Briony ne prendrait le risque d'abandonner son cœur à son mari.

11.

Cass observa du coin de l'œil Briony en train de regarder un tableau. À la vue de son corps mince aux douces formes moulées dans un fourreau lacé dans le dos jusqu'au creux des reins, et dont le vert sombre faisait ressortir le feu de ses cheveux, sa bouche s'assécha.

Il prit une gorgée de champagne, grimaçant au moment où les bulles touchèrent sa langue. C'était d'un whisky dont il aurait eu grand besoin !

Après s'être concentré sur son travail une semaine entière, ne voyant Briony que brièvement dans le palais et lors d'un repas avec Alaric, il avait fallu qu'il gâche tout.

S'entendre traiter d'ennuyeux l'avait poussé à lui prouver le contraire. Un extraordinaire sentiment d'exaltation s'était emparé de lui au contact de son corps détendu contre le sien sur la luge tandis qu'elle éclatait de rire. Il ne s'était pas senti aussi vivant depuis des années.

Ensuite était venue leur chute, et son « oui » murmuré lui avait fait perdre la tête. S'ils avaient été ailleurs qu'au milieu de la neige, il aurait été incapable de s'arrêter à un simple baiser. Il l'aurait déshabillée, l'aurait faite sienne.

Une chance qu'il ait retrouvé ses esprits à temps. C'était préférable pour tous les deux.

À vrai dire, Cass se demandait encore comment il avait trouvé la force de résister. Aucune de ses maîtresses ne l'avait mis dans un tel état de désir auparavant. Il devait donc trouver un moyen de tempérer la passion qu'éveillait Briony en lui avant de coucher avec elle – faire l'amour n'étant pas le terme adéquat pour eux. Une telle intensité physique ne pouvait que l'emmener en territoire dangereux. Il profiterait de leur mariage certes, mais sans s'impliquer autrement que nécessaire.

Voyant Briony s'éloigner vers la pièce réservée aux artistes du Linnaea, Cass admira son cou gracile que dévoilait un chignon élaboré.

Un instant, il s'imagina abandonner un peu de sa maîtrise, s'autoriser à accepter quelques-uns des sentiments qu'elle lui inspirait. Dans la seconde suivante, l'image de sa tante effondrée s'imposa à lui. Alecine avait raison, il fallait être stupide pour tomber amoureux. Jamais il ne ferait la même erreur qu'elle.

Fort de cette résolution, Cass vida sa coupe avant de rejoindre sa fiancée.

Un tableau fascina tant Briony qu'elle resta un long moment immobile devant, incapable d'en détacher les yeux. En premier plan, un chemin de terre serpentait entre des champs de blé aux épis dorés. À l'arrière, sur fond de montagnes boisées de sapins, se détachait le palais royal. Sur le côté, une petite fille, les cheveux balayés en arrière par la brise le regardait, un bras passé autour du cou d'un grand chien.

— Qu'en pensez-vous ?

Briony se tourna, découvrant un homme mince portant des lunettes rondes, au sourire hésitant. Vêtu d'un pantalon noir surmonté d'une chemise, tous deux propres mais élimés, il détonait au milieu des autres invités aux tenues et bijoux sophistiqués.

Il lui plut d'emblée.

— Je ne suis pas une spécialiste de l'art, mais je le trouve très beau. Il me donne l'impression de sentir le vent et l'odeur du blé.

Les joues de son vis-à-vis se colorèrent, son sourire s'élargit.

— Cela fait plaisir à entendre.

— Vous êtes l'artiste, j'imagine, dit Briony en lui rendant son sourire.

— En effet. Hugo Verne, madame. Ceci est mon premier tableau à être exposé ailleurs que dans mon salon ou dans une fête locale.

— Il mérite sa place ici. Cette petite fille est la vôtre ?

— Oui, ma petite Lorraine, précisa-t-il avec une joie évidente. Elle passe beaucoup de temps avec moi à la maison depuis que son école a fermé.

— Est-ce temporaire ?

— Hélas, non, la plupart des établissements scolaires de banlieue ont cessé de fonctionner au cours des dernières années par manque de financement.

La désagréable impression qui avait envahi Briony à son entrée dans le musée se transforma en colère. Quelle indécence de la part de Daxon de faire construire un bâtiment aussi luxueux quand son pays ne pouvait offrir d'éducation aux enfants !

— J'en suis désolée, mais des réformes sont programmées.

Le visage d'Hugo s'éclaira.

— J'ai repris espoir en apprenant le prochain mariage de la fille de notre roi avec le prince du Tulay. Les gens disent beaucoup de bien d'elle. Je n'ai, hélas, pas pu venir assister à sa traversée de la ville la semaine dernière.

Entendre d'une personne extérieure au palais que son union avec Cass était perçue de manière si positive réconforta et terrifia à la fois Briony. En cas d'échec de son projet, le visage empli d'espoir d'Hugo resterait à jamais gravé dans sa mémoire. La gorge soudain nouée, elle but une gorgée avant de répondre.

— Souhaitons donc que ce mariage apporte d'heureux changements dans la vie des gens.

— Je suis certain qu'il aura des retombées bénéfiques. Ma seule crainte est qu'elle se révèle aussi dépensière que le roi Daxon.

Briony sourit.

— J'ai entendu dire qu'elle ne lui ressemblait pas du tout.

Au moment où elle prononçait ses mots, un frisson lui parcourut le dos. Son origine était évidente. Cass était là, très proche. Sa voix grave s'éleva d'ailleurs dans la seconde suivante.

— Vous admirez les talents locaux, princesse Briony ?

Hugo ouvrit la bouche, puis la referma avant de s'incliner en une profonde révérence.

Elle se tourna. Dieu que Cass était beau ! Son smoking coupé à la perfection soulignait son corps parfait, et ses cheveux coiffés en arrière révélaient les traits finement sculptés de son visage. Les battements de son cœur s'accélérèrent.

— Prince Cassius, permettez-moi de vous présenter Hugo Verne, l'artiste qui a peint cette magnifique aquarelle.

Cass observa, sourcils haussés, le pauvre peintre désemparé.

— Je vous supplie de m'excuser, Votre Altesse, je n'avais pas l'intention de manquer de respect, c'est simplement…

Briony l'interrompit aussitôt, un sourire rassurant aux lèvres.

— Ne vous inquiétez pas, Hugo, vous ne m'avez pas offensée. Je partage votre sentiment sur la manière dont l'argent est dépensé dans ce pays. Ceci dit, je serais heureuse de vous acheter un tableau représentant un paysage du Linnaea. Pourriez-vous m'en présenter quelques-uns ?

De stupeur, Hugo se mit à bégayer.

— Vous en voulez un… au palais ?

Ignorant Cass tendu à ses côtés, Briony confirma.

— Absolument. Venez demain après-midi. Je voudrais voir d'autres peintures et discuter avec vous des besoins du pays en matière d'éducation. Le comité que j'ai formé a beaucoup d'expérience, mais rien ne vaut l'avis des parents.

— Je n'y manquerai pas, Votre Altesse, souffla Hugo en s'inclinant de nouveau.

— Bon, ceci étant décidé, allez donc vous chercher une flûte de champagne pour vous remettre de vos émotions, déclara Cass au peintre.

Une fois Hugo parti après avoir bredouillé remerciements et salutations, il reprit :

— Vous avez trouvé un autre admirateur, je vois.

— Seriez-vous jaloux, *monsieur* ?

— D'un artiste crève-la-faim qui pouvait à peine parler après avoir réalisé qui vous étiez ? Peu probable.

— Hélas, murmura Briony tout en examinant à nouveau le tableau, « crève-la-faim » me semble être le terme juste.

Elle tressaillit en sentant le bras de Cass se poser autour de sa taille, puis se décontracta, décidée à apprécier ce contact et en tirer force.

— Je l'ai entendu vous parler de l'école de sa fille.

— Elle a fermé, comme beaucoup d'autres. Le pays s'enfonce dans la misère. C'est dramatique. À quoi donc pensait Daxon ?

— Je ne crois pas que votre père se donne la peine de *penser*.

Briony ne put lui demander de préciser le sens de sa repartie car à cet instant, un groupe de personnes vint les féliciter pour leurs fiançailles. D'autres les suivirent car, la rumeur s'étant répandue que la princesse se trouvait dans la salle réservée à la peinture locale, les invités avaient délaissé les toiles de peintres reconnus pour la voir. Les questions fusaient, auxquelles elle répondit avec le sourire.

Toutefois quand on lui demanda s'il était vrai qu'elle était serveuse dans un bar, Cass intervint.

— Nous vous remercions tous d'être venus ce soir. À présent, je dois vous enlever la princesse et la ramener au palais. Sa journée a été chargée.

Il acheva son bref discours par un sourire, puis la prit par la taille pour la piloter à travers la foule.

Briony admira sa diplomatie autant que son charisme. Elle le savait capable de la troubler mais n'avait pas encore eu le loisir de découvrir son charme public.

Une fois dans la salle principale, elle s'arrêta devant une sculpture pour boire une gorgée de son verre.

— Ce n'est qu'un jus de fruits !

— Non, c'est un whisky.

— Où l'avez-vous trouvé ?

Elle sourit, narquoise.

— Ça aide de faire connaissance du barman.

— La prochaine fois, ayez la courtoisie de m'en prendre un aussi. Ces bulles sont insipides.

Briony lui tendit son verre. Au lieu de le prendre, il resserra sa main autour de la sienne avant de le porter à ses lèvres. Sans la quitter des yeux, il but lentement jusqu'à la dernière goutte.

— C'était délicieux, murmura-t-il.

Tandis qu'ils se frayaient un chemin à travers la foule, il lui murmura le nom de certains dignitaires qu'ils croisaient. Son souffle proche de son oreille calma sa nervosité. Elle les salua, mais se sentait plus à l'aise avec un homme comme Hugo qu'avec ces gens imbus de leur importance.

— Vous avez été parfaite.

Ce compliment donna à Briony un regain de confiance. Le soutien de Cass lui était un réel réconfort en ce moment où elle se sentait tellement hors de son monde au milieu de cette haute société. En définitive, il avait peut-être raison. Elle pourrait apprécier la vie avec lui…

— Prête à rentrer chez vous ? demanda-t-il alors qu'ils arrivaient à l'entrée.

Briony sourit. Même si elle se perdait encore dans les nombreux couloirs et escaliers du palais, sa suite, la salle à manger familiale et la bibliothèque lui étaient devenues familières. C'était agréable d'avoir à nouveau un chez-soi.

— Oui.

Cass l'aida à enfiler son manteau. Alors qu'ils descendaient les marches recouvertes d'un tapis rouge, elle prit conscience de la foule massée devant le musée avant d'être aveuglée par les flashs. Les questions fusaient, toutes adressées à elle, et relatives à la fermeture des écoles et d'un hôpital de banlieue.

En s'entendant demander si elle trouvait plus important d'attribuer des fonds à l'art plutôt que d'augmenter les salaires, la honte submergea Briony. Sa tenue à elle seule représentait de quoi faire vivre une famille pendant au moins un an.

Cass jura à voix basse avant de lui lâcher la main pour s'interposer entre les journalistes et elle.

— Retournez à l'intérieur, lui ordonna-t-il par-dessus son épaule.

— Pas question !

À cet instant les cordons de protection cédèrent sous la pression des gens. Briony eut un mouvement de recul, un de ses talons se prit dans les plis de sa robe longue, et elle tomba à la renverse. Un cri lui échappa.

Dans le silence qui suivit, Cass se retourna, puis s'accroupit à ses côtés.

— Ne bougez pas, Briony, souffla-t-il d'une voix tendue.

Les flashs se mirent à crépiter. Comme Cass se tournait,

une lueur meurtrière dans les yeux, elle lui posa une main sur le bras.

— N'intervenez pas. De toute manière, je n'ai rien, ma tête n'a pas touché le sol.

— Soit, mais mieux vaut voir le médecin dès notre arrivée au palais.

Briony préféra ne pas argumenter avec lui face aux caméras.

Les gardes du musée arrivés en renfort ayant aidé le service de sécurité à repousser la foule, Cass la souleva dans ses bras. Après l'avoir installée avec délicatesse sur la banquette arrière, il fit le tour de la limousine et s'assit à côté d'elle.

— Vous n'avez ni étourdissement ni migraine ?

— Non, je vais parfaitement bien. Cessez de me traiter comme une enfant.

— Si j'avais eu idée de la horde de reporters à l'affût devant l'entrée, je vous aurais fait sortir par l'arrière, bougonna-t-il.

— Vous n'en saviez rien, alors arrêtez de vous culpabiliser.

— Il y a encore de nombreuses choses que vous ignorez de moi, Briony.

Se penchant, il glissa une main dans ses cheveux pour lui tâter la tête.

— Quoi, par exemple ?

— Eh bien, lorsque je commets une faute, je m'assure de la corriger.

— Que voulez-vous dire ?

Cass lui décocha un sourire éblouissant.

— Je veux dire que tant que le praticien du palais ne vous aura pas déclarée en parfaite santé, je ne quitterai pas votre chevet.

12.

Cass reposa le livre trouvé sur les étagères et dont il avait seulement survolé les cinq premières pages, puis consulta sa montre. Briony était allée prendre un bain une heure auparavant. Après un examen approfondi, le médecin l'avait déclarée en parfaite santé, mis à part quelques bleus, mais elle aurait pu avoir un malaise consécutif au choc… Ou même une attaque de panique à retardement. Une pareille offensive de la part des journalistes était déstabilisante, sans parler de voir la foule déferler sur eux.

Il s'apprêtait à aller s'enquérir de son état lorsque la porte s'ouvrit.

Briony sortit, enveloppée dans un épais peignoir.

— Vous êtes encore là ?

— Vous avez l'air déçue.

— Je me demandais pourquoi vous étiez resté.

Elle s'assit alors dans un fauteuil près de la cheminée, puis tendit les mains vers les flammes.

Cass la trouva encore plus belle sans maquillage. Son visage vierge d'artifices lui donnait un air innocent, éthéré. Sa culpabilité revint en force. S'il ne l'avait pas attirée dans sa vie avec son plan de vengeance, elle aurait été à des milliers de kilomètres de ce musée.

— Je tenais à vous présenter des excuses.

Elle se tourna vers lui, visiblement surprise.

— Vous excuser de quoi ?

— De vous avoir mise en danger. Je suis tellement concentré sur les traités et le projet de rétablir l'honneur de ma famille ici que je n'ai pas pensé à la possibilité d'un incident.

— Enfin, Cass, vous ne pouviez pas le prévoir !

— J'aurais dû m'y attendre.

Cass était connu pour sa méticulosité. Lorsqu'il travaillait sur un projet, aucun détail ne lui échappait. Or, cette fois, ses émotions lui avaient brouillé les idées. Au cours de la soirée, il s'était concentré sur sa superbe compagne, préoccupé de la voir si naturelle avec le peintre crève-la-faim, puis amusé qu'elle se soit débrouillée pour obtenir un whisky du barman. Pas un instant il n'avait senti la colère et le ressentiment qui grondaient au sein de la population amassée à l'extérieur, et encore moins que la foule pourrait assaillir la princesse.

Si la tête de Briony avait heurté l'arête d'une marche ou si le service de sécurité n'avait pas repris le dessus à temps, l'incident aurait pu virer au drame, et cela par sa faute. Pourquoi diable avait-il fallu qu'il…

Cass sursauta, tiré de la spirale infernale de la culpabilité par la main de Briony sur sa joue.

— Vous avez l'air tendu, que se passe-t-il ?

— Rien, je vais bien.

Il posa sa main sur la sienne pour l'écarter, mais sa peau à peine touchée, son geste se suspendit. Leurs yeux se rencontrèrent puis, sans qu'il sache qui en avait pris l'initiative, leurs bouches se trouvèrent.

Sans briser ce délicieux contact, Cass se releva et glissa les doigts dans les cheveux de Briony. Elle gémit, entrouvrit les lèvres sous les siennes puis posa les mains sur son torse. Il lui embrassa le cou, poursuivit son baiser sur sa gorge avant de laisser ses doigts glisser sur l'échancrure de son peignoir.

Là, Cass s'arrêta. Malgré le désir brûlant qui lui enflammait les reins, son envie de sentir le corps nu de Briony contre le sien et de la revendiquer sienne, il n'était pas certain de le mériter. Même si elle l'avait pardonné et était une des personnes les plus généreuses qu'il connaisse, il craignait d'abuser d'elle comme sa belle-famille l'avait fait.

Mais Briony se cambra, s'offrit davantage à ses lèvres. Son peignoir glissa le long de ses épaules. Les scrupules de Cass s'évanouirent. Il prit ses seins en coupe, en effleura les pointes. Sentant alors ses hanches se presser contre lui, il saisit un téton dressé entre ses lèvres, puis l'autre.

Sous ses attentions de plus en plus accentuées, les gémissements de Briony s'intensifièrent. De ses doigts fébriles, elle sortit sa chemise de son pantalon, en fit sauter les boutons accessibles puis glissa ses mains sur son torse.

Cass se débarrassa alors prestement de sa veste qu'il lança au sol, aussitôt suivie de sa chemise. Ceci fait, il abaissa le peignoir de Briony jusqu'à sa taille, la serra contre lui, puis prit possession de sa bouche. Sentir ses seins pressés sur son torse lui enflamma les sens.

Elle était à lui.

Comme elle posait la main sur son sexe encore emprisonné, pris d'un regain de scrupules, il demanda :

— Briony… êtes-vous sûre de me vouloir ?

Pour toute réponse, elle lui enlaça le cou, se pressa contre lui et plaqua sa bouche sur la sienne. Incapable de résister à cet appel, Cass la souleva. Elle lui enroula aussitôt les jambes autour de la taille.

Arrivé devant le lit, il l'allongea avec délicatesse au milieu. Il voulait la prendre certes, mais savourer chaque instant. Même si leur mariage faisait partie d'un contrat, Cass tenait à ce que sa nature intime soit plus que satisfaisante pour chacun d'eux.

Comme il se redressait, Briony protesta d'un gémissement

qui mourut sur ses lèvres pendant qu'il ôtait en toute hâte le reste de ses vêtements.

Enfin nu devant elle, Cass se sentit dans la peau d'un dieu sous son regard admiratif.

— Tu es si beau… murmura-t-elle.

— Toi aussi, mais trop habillée à mon goût, dit-il d'une voix rauque avant de demander en posant les mains sur sa ceinture : Puis-je ?

Briony, qui quelques heures auparavant ne cessait de se souvenir de maintenir Cass à distance respectable et de ne pas s'impliquer trop dans leur relation, se posa soudain deux questions. Était-elle prête ? Voulait-elle vraiment vivre sa première nuit entre ses bras ?

Un regard sur le superbe corps de son fiancé, lui apporta les réponses. Elle sourit, puis hocha la tête, incapable d'articuler son acquiescement.

Et en un geste, il défit la ceinture de son peignoir avant d'en écarter les pans.

Les mains crispées sur les draps de soie, Briony attendit, souffle suspendu.

— Tu es magnifique.

Rassurée, elle se détendit. Dans la seconde suivante, il se pencha pour couvrir ses seins d'attentions de plus en plus soutenues. Un flot brûlant se déversa dans ses veines. Elle s'arc-bouta.

— S'il te plaît, Cass…

— Bientôt, patiente un peu, ma belle.

Comme ses lèvres descendaient le long de son ventre, parsemant sa peau de doux baisers, la respiration de Briony s'accéléra, c'était merveilleux. Mais lorsqu'il les posa au cœur de son intimité, un petit cri lui échappa tandis qu'une myriade de sensations déferlait sur chaque parcelle de son corps, l'emportant dans un monde inconnu. D'instinct, elle pressa la tête de Cass pour l'empêcher de s'arrêter, se cambra sous ses lèvres. Les sensations s'intensifièrent jusqu'à ce qu'un immense bien-être l'envahisse, accompagné d'une totale détente. Ses yeux se fermèrent.

Après un temps qui lui sembla être une éternité, elle sentit la bouche de Cass glisser à l'intérieur de ses cuisses, puis revenir sur son ventre, embrasser ses seins et enfin se poser dans son cou.

— Ça va, Briony ?

Elle le regarda, sourit avec béatitude.

— C'était divin.

Il lui repoussa les cheveux sur le front. Ce geste, à la fois si simple et si tendre, l'émut.

— Ça va être encore meilleur.

Dans la seconde suivante, il s'allongea sur elle. Avant même d'avoir réalisé que le moment décisif était arrivé, Briony sentit son sexe la pénétrer lentement. Une légère brûlure lui arracha un cri.

Cass s'immobilisa aussitôt.

— Pourquoi ne m'as-tu pas dit que tu étais vierge ? Trouvais-tu ce détail superflu ?

— Non, mais j'ai été distraite et…

Après une courte pause, elle ajouta :

— Je voulais t'offrir ce moment.

— Pardon ?

Consciente de sa surprise exprimée par ce simple mot, et craignant qu'il ne se retire, Briony tendit les hanches vers Cass.

— Ne bouge pas.

— Mais…

— Si j'avais su que c'était ta première expérience, j'aurais abordé la situation différemment.

Son sérieux faillit la faire rire. Mais, toute douleur ayant disparu, enhardie par son incursion dans le domaine du plaisir physique, Briony lui empoigna les fesses, l'attirant plus profond en elle.

— Arrête, lâcha-t-il en un râle, ou je ne réponds plus de moi.

Elle s'accrocha à ses épaules pour murmurer contre ses lèvres :

— Alors, vas-y, emmène-moi au septième ciel. J'adore te sentir en moi.

Une lueur brûlante illumina les yeux de Cass. Il l'embrassa, puis entreprit un lent va-et-vient. Très vite, Briony se mit à haleter sous l'afflux de sensations de plus en plus délicieuses. Une dernière lui arracha un cri. Un long spasme lui agita le corps.

Quelques secondes plus tard, Cass trouvait à son tour le plaisir ultime et s'effondrait sur elle, tandis que le prénom de sa fiancée s'échappait de ses lèvres. Après un dernier baiser, il roula sur le côté.

Briony resta immobile. Quel était le comportement approprié en pareille situation ? Demander à Cass de partir dans la mesure où il souhaitait conserver à leur relation une nature non émotive ? Mais il le ferait peut-être de sa propre initiative… Cette idée la chagrina. Elle n'avait aucune envie qu'il la laisse.

Comme s'il avait deviné cette pensée, il l'attira contre lui et lui caressa les cheveux.

— Peux-tu me redire pourquoi tu as négligé de m'informer de ton total manque d'expérience ?

— Tu m'as distraite.

— Donc c'est ma faute ? demanda-t-il d'un ton taquin.

— Oui. J'ai l'impression que depuis un certain temps mes relations avec les gens se sont résumées à leur procurer ce qu'ils attendaient de moi.

Cass se raidit contre elle.

— Je fais donc partie de ces profiteurs.

— Non, tu as été franc dès le début. Enfin, presque. Tu m'as fait un portrait très clair de ce que serait notre mariage.

Se dégageant du bras de Cass, Briony lui prit la tête entre les mains. Il eut un mouvement de recul, mais elle le retint.

— Nous ne vivrons jamais une grande histoire d'amour, je l'ai accepté. J'ai même beaucoup apprécié ta compagnie ce soir au musée. Récemment, j'ai appris à mieux me connaître et découvert ce que je pouvais apporter à ce pays. Tout ceci, je te le dois.

Elle accompagna cet aveu d'un sourire avant de poursuivre :

— J'étais tellement soucieuse d'apporter aux miens ce qu'ils voulaient dans l'espoir de recevoir leur amour, que je ne m'étais jamais encore demandé ce que moi, je voulais. Or, ce soir, c'était toi que je voulais.

Briony roula sur le côté. Avouer la suite l'embarrassait.

— Tu me voulais aussi, je le savais, mais tu ne faisais plus un geste vers moi. Je ne t'en ai que plus désiré. M'être donnée à toi n'avait rien de sentimental. C'était juste… un bon moment.

Et délicieusement bouleversant non seulement d'être unis dans une telle passion, mais de sentir son cœur à l'unisson de ce plaisir. Combien de temps parviendrait-elle à contenir ses sentiments pour son futur époux ? Briony l'ignorait.

— Un *bon* moment ? répéta Cass.

— Un *très* bon moment.

Son petit rire la surprit tout en la laissant perplexe.

— Je suis heureux que ta première expérience ait été un très bon moment.

Un long silence s'installa entre eux. Briony était sur le point de s'endormir lorsque Cass demanda.

— Pourquoi as-tu attendu si longtemps ?

— J'attendais l'homme dont je tomberais amoureuse,

murmura-t-elle. Faute de pouvoir l'avoir, mon mari était le second meilleur choix.

Briony sentit Cass se raidir, mais trop épuisée pour poursuivre cette conversation, elle s'abandonna aux bras de Morphée.

13.

À son réveil, Cass était seul dans le lit. Il trouva Briony un peu plus tard en train de planifier leur réception de mariage avec Clara.

Son attitude distance envers lui le dérangea. Pas autant toutefois que sa déclaration de la veille. Que sa fiancée accepte un mariage dénué de sentiments correspondait aux termes de leur contrat. En revanche, qu'elle précise que, à défaut d'épouser un homme aimé, il représentait son « meilleur second choix » le perturbait.

Par sa faute, Briony renonçait à réaliser un rêve, or elle méritait le bonheur.

Le soir venu, Cass se préparait pour la nuit dans sa chambre lorsqu'il entendit trois légers coups frappés à sa porte. Sa surprise en l'ouvrant sur Briony fut telle qu'il fut à court de mots.

— Je te veux, se contenta-t-elle de dire.

L'idée de la renvoyer l'effleura, mais de toute manière ils allaient bientôt vivre ensemble. De plus, l'abstinence n'était pas le meilleur moyen de produire des héritiers. Des excuses, en fait, quand sa principale raison de l'accueillir était son irrépressible désir de se perdre à nouveau entre ses bras.

La porte à peine fermée, Briony l'enlaça, l'embrassant avec une passion qui lui mit aussitôt le corps en feu.

De ce moment, ils se côtoyèrent dans la journée,

conservant en public l'attitude respectable de rigueur, et se retrouvèrent chaque soir pour une nuit torride. Plus ils faisaient l'amour, plus leurs corps s'accordaient et plus Briony s'enhardissait. La première fois où elle s'était agenouillée devant lui dans la douche et avait pris son sexe dans sa bouche, au comble de la joie, Cass avait dû faire appel à toute sa maîtrise pour ne pas s'abandonner trop vite à ses délicieuses attentions. Les mains refermées sur ses cheveux, le cœur battant à tout rompre, il avait attendu d'être sur le point de succomber pour la soulever et enfin la pénétrer. Sa jouissance s'en était trouvée décuplée.

En plus d'apprécier grandement les talents dont Briony faisait preuve dans l'intimité, Cass admirait son engagement dans les affaires du pays. Loin de se cantonner à l'arrière-plan ou, à l'instar de sa mère, de consacrer son temps libre au shopping ou à des déjeuners avec les jeunes femmes frivoles rencontrées au cours des réceptions, elle avait d'emblée créé plusieurs projets. Son dévouement à ces causes n'avait d'égal que celui montré envers sa belle-famille. Au cours des trois dernières semaines, elle avait chaque jour assisté à de longues réunions avec son comité d'éducation, avait reçu une délégation de parents d'élèves et même invité un groupe d'enfants d'horizons différents au palais afin d'entendre leurs souhaits pour une école idéale.

Briony s'épanouissait dans ses nouvelles activités, et plus elle en accomplissait, plus elle le captivait.

Cass avait enfin atteint son but. Il avait sa place au palais, le Linnaea était en voie de retrouver sa splendeur d'antan et sa fiancée, en plus de lui prêter main-forte, avait un goût pour les choses de l'amour égal – si ce n'était supérieur ! – au sien. Pourtant, après chaque instant partagé en parfaite entente et chaque nuit de délices, son malaise revenait. Il s'en voulait de son manque de contrôle face à elle et se sentait coupable de l'avoir fait renoncer à son rêve

Comme en cet instant, alors qu'ils descendaient de leurs appartements pour assister à un dîner avec l'ambassadeur de Suisse. C'était leur dernier engagement officiel. Clara les en avait avertis, précisant que leurs réunions futures concerneraient l'organisation du mariage. S'était ensuivie une liste interminable de tâches qui sur le moment avaient fait sourire Cass. À présent toutefois, il s'inquiétait non seulement d'attendre avec impatience de passer plus de temps avec Briony, mais en plus de ne pas être dérangé que ce temps soit consacré au choix de décoration de table, d'arrangements floraux et autres détails domestiques. La tentation de vivre pleinement une relation était décidément plus forte qu'il ne l'avait cru. Il comprenait mieux désormais les affres qu'avait vécues sa tante.

Clara les accueillit à leur sortie de l'ascenseur. Surpris de la voir dans une robe longue dont le bleu outremer soulignait son teint clair et sa blondeur, Cass s'exclama :

— Vous portez de la couleur aujourd'hui, c'est très inhabituel.

— Est-ce trop vif ?

Il s'apprêtait à lui répondre, comme à l'accoutumée, par une boutade lorsque la lueur d'incertitude dans ses yeux et ses joues rosies l'arrêtèrent.

— Pas du tout, vous êtes très belle, Clara.

Un sourire lui illumina le visage. Il vit alors la femme séduisante jusque-là invisible sous son air éternellement sévère.

— Je vous remercie, Votre Altesse.

Se tournant alors vers Briony, elle ajouta :

— Vous aussi. Je n'aurais jamais osé si vous ne m'y aviez pas encouragée.

— Cass a raison. Vous êtes magnifique.

Sous le compliment, Clara se racla la gorge, puis afficha un document sur sa tablette. Quelques secondes plus tard, elle était redevenue l'assistante modèle et leur énonçait les points à retenir sur la vie des invités importants.

Devant les portes de la salle à manger de réception, Briony posa sa main au creux de son bras. Ce geste était devenu si familier et agréable à Cass qu'il lui serra le bout des doigts.

— Tu es prête ?

— Oui, allons-y.

Dès le début du dîner, l'ambassadeur de Suisse engagea une conversation posée avec Alaric. De son côté, Briony bavardait avec la femme de l'ambassadeur et sa fille. Cass, lui s'entretint avec deux membres du parlement des accords commerciaux avec le Tulay. Il capta des bribes de la discussion de Daxon en train de s'efforcer de soutirer des fonds au ministre du Trésor pour la création d'un nouveau complexe hôtelier dans les montagnes. Les coups d'œil durs de Briony vers son père ne lui échappèrent pas.

Comment cet homme pouvait-il être aussi aveugle ? Il avait un fils fin prêt à être un bon dirigeant – fait que Cass avait constaté en travaillant étroitement avec Alaric au cours des semaines précédentes – et une fille qui avait surmonté sa terrible déception d'avoir un pareil père et continuait à se dévouer pour les autres.

Les plats défilèrent. Après une salade d'endives braisées, des coquilles Saint-Jacques à la crème de caviar et un filet de sanglier accompagné de pommes de terre confites, on leur servit un gâteau glacé au gingembre entouré de pommes à la cannelle.

Comme les convives commençaient à déguster leur dessert, une pause dans les conversations fit porter la voix de Daxon à travers la table.

— Cela nous permettra d'attirer les touristes d'Amsterdam et Rotterdam. Nous avons seulement besoin de l'investissement initial.

— Je trouve l'idée excellente, lança Briony.

Daxon lui adressa un sourire dénué de chaleur.

— Merci, ma chère.

— Surtout si on installe le complexe dans la région de Dhara ou de Candon, poursuivit-elle. En parlant avec des parents, j'ai appris que la source de revenus de ces deux villes s'était quasiment tarie.

— Je préférerais qu'il soit plus proche d'Eira, répliqua-t-il avec condescendance. Ton idée est charmante, mais aucune de ces villes n'offre le luxe de la capitale.

— Je ne suis pas d'accord. Cette région du Linnaea a l'avantage d'offrir des montagnes et lacs superbes introuvables ailleurs. De plus, Dhara et Candon bénéficieraient grandement de l'afflux de devises touristiques.

Malgré son effort visible pour conserver le sourire, le visage de Daxon se durcit.

— Tu as fait une forte impression au public et beaucoup de progrès avec ton petit projet d'amélioration de l'éducation, ma fille, mais tu n'as pas l'expérience nécessaire pour évaluer les tenants et aboutissants d'un tel investissement.

— Je ne suis pas du même avis que vous.

Toutes les têtes se tournèrent vers Cass, et son regard glacial dardé sur Daxon. S'efforçant de refréner son humeur, il poursuivit posément :

— Votre fille s'est révélée apte à évaluer les faiblesses du pays et à y apporter des solutions qui ne grèvent pas le budget.

Sa pique porta. Les yeux du monarque se réduisirent à deux fentes dures, mais il s'abstint de riposter, laissant Cass poursuivre.

— Eira a en ce moment plus d'attrait pour les touristes, toutefois développer les autres régions du pays est dans notre intérêt. La princesse a eu le flair de rechercher l'avis de la population, d'où le succès de son projet. En plus de son intelligence, son engagement envers les autres est aussi profond qu'authentique.

— Et j'ajouterai un point important, renchérit Alaric. Elle a reçu une formation d'enseignante dans une université américaine.

L'ambassadeur de Suisse signifia son approbation à Briony d'un hochement de tête avant de prendre la parole à son tour.

— Ces arguments sont excellents, messieurs. Le conseil fédéral a admiré l'action engagée en faveur des écoles du Linnaea. Il est encore trop tôt pour juger de ses résultats, mais si les progrès se poursuivent sur cette lancée, je prédis un avenir prospère pour nos deux nations.

Daxon, qui malgré ses nombreux défauts n'était pas stupide, inclina la tête en direction de sa fille.

— Toutes mes excuses, ma chère. Contrairement à ce que mes propos ont pu laisser sous-entendre, tu as accompli un gros travail depuis ton arrivée. Je recevrai avec plaisir tes suggestions pour améliorer la vie de nos régions rurales.

Là-dessus, les conversations reprirent. Cass se tint prêt à intervenir au cas où le monarque dise quoi que ce soit de blessant ou simplement inapproprié, mais celui-ci se contenta de manger son dessert en silence.

Sentant alors Briony lui prendre la main sous la table, il se tourna vers elle.

— Merci.

Son murmure accompagné d'un regard reconnaissant et affectueux lui serra le cœur. Il était en train de succomber aux émotions qu'elle suscitait en lui…

Mais comment résister quand un simple remerciement de sa part le faisait se sentir dans la peau d'un chevalier en armure capable de conquérir la terre entière ?

Le dîner terminé, tous gagnèrent la bibliothèque pour déguster des liqueurs.

— Tu peux m'appeler « papa » lors d'événements tels que celui-ci.

Le sourire qui accompagna la remarque de Daxon ne trompa aucunement Briony. Elle répondit toutefois avec la gentillesse de mise en société.

— C'est encore un peu tôt pour moi.

Un éclair de fureur brilla dans le regard clair du monarque.

— Je te conseille d'éviter de faire une scène, siffla-t-il entre ses dents.

— Je n'en fais pas. C'est toi qui es sur le point de te ridiculiser en perdant ton calme.

— Au moins, je ne suis pas celui qui épouse le neveu d'une traîtresse.

L'espace de quelques secondes, Briony resta frappée de stupeur.

— Selon les propos de Cass, tu dépensais de l'argent qui ne t'appartenait pas. À mes yeux, cela fait de toi le traître.

— J'allais le rembourser, c'était une simple question de temps. En attendant, Alecine a eu ce qu'elle méritait, tout comme son frère pour lui avoir fourni les informations, et son sale gamin. Ils auraient dû finir en prison ! Viens, maintenant, allons parler avec nos invités.

Outrée, Briony se dégagea du bras qu'il venait de lui passer autour de la taille.

— Je ne crois pas ta version de l'histoire. Même si tu en voulais à Alecine et son frère, tu n'avais aucune raison de punir un petit garçon de onze ans.

— Si je ne m'en étais pris qu'à elle, mon message ne serait pas passé. Je tenais à montrer qu'en s'attaquant à moi, personne ne s'en tirait.

Elle scruta la pièce à la recherche de son fiancé. À sa

vue, debout bras croisés en train de les regarder parler, une étrange fierté lui gonfla le cœur.

— Cass en tout cas s'en est tiré par lui-même. Et il est le seul à avoir eu le courage de te tenir tête jusque-là.

— Il ne m'a pas tenu tête ! Il m'a acculé. Je n'avais pas d'autre choix qu'accepter ses termes.

— Accepter d'utiliser ta fille comme monnaie d'échange pour résoudre les problèmes que tu avais créés.

— Tu es bien comme ta mère, ricana Daxon. Toujours prête à t'insurger. Rêveuse et idéaliste.

— C'est le plus beau compliment que l'on m'ait jamais fait. Je sais à présent pourquoi maman a toujours refusé de me parler de toi. Et, pour ne rien te cacher, je l'en remercie.

Sur ce, elle s'éloigna, et prit congé de l'ambassadeur, de sa famille ainsi que des autres invités. Un peu plus tôt, Clara était venue chercher Alaric. À en juger par la mine de ce dernier, la raison de son départ anticipé était loin d'être bonne, mais il était venu la voir et lui confier : « Tu fais partie intégrante de la famille à présent. Ne laisse pas le seigneur du palais te convaincre du contraire. »

Se remémorant ces paroles, Briony sentit les larmes lui brûler les yeux. Quelle idiote d'avoir fantasmé sa vie durant sur un père inconnu, espéré trouver l'affection d'une belle-famille seulement intéressée par ce qu'elle pouvait leur offrir ou perdu du temps avec des relations insatisfaisantes.

Près de la porte, et bien qu'en grande discussion avec le ministre du Trésor, Cass lui adressa un regard ardent en réponse à son « Bonsoir ». Elle sentit son cœur s'épanouir. Leur relation avait certes débuté comme une alliance politique, mais avait changé avant même qu'ils aient fait l'amour.

À table, lorsqu'il l'avait défendue, une note de fierté évidente dans la voix, Briony s'était sue perdue.

Elle était amoureuse de son futur époux et ignorait comment gérer leurs rapports.

Cass mit fin à sa conversation avec le ministre afin de suivre Briony. Tandis qu'elle parlait avec Daxon, son regard stupéfait ne lui avait pas échappé. Il avait aussi remarqué sa hâte à prendre congé des invités.

Dans le couloir, la vue de sa silhouette élancée, de ses hanches moulées par la dentelle turquoise de sa robe, éveilla instantanément des images de leur intimité. L'heure n'étant pas, hélas, aux pensées coquines, il se hâta de la rejoindre.

— Comment vas-tu ? demanda-t-il. Tu as l'air soucieuse.

— Ça va. Je suis seulement fatiguée. Cette soirée s'est éternisée.

— Le comportement de Daxon envers toi a été honteux.

Briony afficha un faible sourire.

— Je te remercie de m'avoir défendue.

— Je t'en prie.

Ses traits se détendirent. Ses yeux exprimèrent la gratitude, ainsi que l'affection qu'il avait déjà remarquée en eux lorsqu'elle lui avait posé une main sur le bras en lui souhaitant bonsoir. Face à cette vision à la fois extraordinaire et terrifiante, Cass ajouta :

— Je devais le faire.

Elle se figea comme s'il l'avait giflée.

— Pardon ? Tu *devais* le faire ?

— Bien sûr. Nous devons présenter un front uni. Notre travail doit être respecté.

Il soutint le regard noir de Briony. Elle devait cesser de le voir dans la peau d'un preux chevalier. Il n'était pas un héros, mais un stratège, un survivant.

Soudain, elle franchit la distance qui les séparait de l'ascenseur, et appuya sur le bouton d'appel.

Trop surpris pour réagir assez vite, Cass arriva au moment où les portes se fermaient sur elle.

Se faire planter sur place n'était pas des plus agréables, mais toiser avec mépris l'était encore moins. C'était même si déplaisant, pour ne pas dire mortifiant, qu'il dut prendre le temps de respirer profondément pour se maîtriser.

Le temps d'arriver devant la suite princière, Cass avait à peu près réussi à contrôler son humeur.

Il frappa à la porte.

— Briony, pouvons-nous discuter ?

— Non, va-t'en.

Sans se laisser démonter, il tourna la poignée. Une vision de rêve s'offrit à ses yeux. Briony en sous-vêtements de dentelle noire, avec ses longues jambes, l'arrondi harmonieux de ses hanches et ses seins fermes dont le renflement au-dessus de son soutien-gorge semblait appeler ses caresses. Le rythme cardiaque de Cass s'accéléra sur-le-champ, mais déjà elle ramassait sa robe et la tenait comme un bouclier devant son corps.

— Dans le Midwest, une porte fermée est destinée à maintenir les gens à l'extérieur.

La subite coloration de ses joues démentant son ton froid, Cass traversa la pièce. Se laisser guider par son désir n'était pas le plus sage. Il le savait, mais en cet instant seul prendre sa future épouse entre ses bras comptait.

— Tu n'es plus dans le Midwest, Briony, déclara-t-il une fois à quelques centimètres d'elle, mais au Linnaea, et en passe de devenir ma femme.

— Une femme qui continuera à te fermer sa porte quand tu mens aussi effrontément.

— Je t'ai dit la vérité.

— Faux. Pourquoi t'entêtes-tu à vouloir jouer les mauvais garçons ?

Cass inclina la tête vers son visage.

— Ce n'est pas une attitude. J'en suis un.

Et sur ces mots, il l'embrassa. Dans les secondes suivantes, Briony lâcha sa robe-bouclier qui tomba à ses pieds, lui arracha sa cravate, puis fit sauter les boutons de sa chemise tandis qu'il lui dégrafait son soutien-gorge.

Ceci fait, Cass la souleva dans ses bras puis la posa sur le tapis devant la cheminée. La lueur des flammes dansait sur sa peau, lui donnant une teinte dorée. Lorsqu'elle lui prit la tête entre les mains, une boule lui serra la gorge à la vue de son regard brûlant de passion. Il souhaita être capable de lui offrir l'histoire d'amour qu'elle méritait.

Cela lui était impossible, mais il pouvait lui donner du plaisir.

Après s'être débarrassé de ses vêtements, il s'allongea à côté d'elle, puis promena une main de son cou à sa poitrine. Briony frémit, tendant le corps vers lui, mais il poursuivit sa descente le long de son ventre jusqu'à son slip. La voyant retenir son souffle, Cass glissa les doigts sous la dentelle et en introduisit un dans son intimité. Sous ses caresses de plus en plus soutenues, elle se cambra, le supplia entre deux gémissements. Il attendit cependant de la sentir sur le point de s'abandonner pour s'arrêter.

S'agenouillant alors entre ses jambes, il lui ôta son slip brésilien, puis la pénétra. L'harmonie de leurs corps ne cessait de l'émerveiller. En plus de leur merveilleuse entente physique, leur union lui procurait une joie jamais encore égalée. Cass entama un lent va-et-vient. Son rythme s'accéléra de lui-même tandis que leur plaisir montait. Briony y céda la première en criant son prénom. Il la suivit en un ultime coup de reins et murmura le sien en s'abandonnant à son tour.

Étroitement enlacés, ils restèrent allongés un long moment. Lorsque Cass ouvrit les yeux, il croisa le regard pensif de Briony.

— Qu'y a-t-il ?

— Ces derniers temps, j'ai beaucoup réfléchi et constaté à quel point j'ai été dépendante de l'opinion de ma belle-famille, prête à tout pour être ce qu'ils souhaitaient me voir être, sans jamais arriver à gagner leur affection.

Il lui repoussa les cheveux sur le front.

— Ne te torture pas. Les jumelles sont en proie aux affres de l'adolescence et Trey est un imbécile de n'avoir jamais apprécié ta valeur.

— Je sais, mais j'ai été stupide moi aussi car, dans l'histoire, je n'ai jamais pris le temps de chercher à me connaître. En fait, depuis mon plus jeune âge et en particulier après le mariage de ma mère, je me sentais en manque d'identité. Je pensais qu'il me suffirait de trouver mon père pour me sentir entière.

Un vague de honte déferla sur Cass. Par sa faute, sa manipulation, Briony s'était déracinée et avait vu cet espoir d'enfance disparaître. Il s'assit, s'adossa au fauteuil, comme si mettre de la distance entre eux adoucirait sa culpabilité.

— Je suis désolé que cela n'ait pas tourné comme tu l'espérais.

Comme elle entrelaçait ses doigts aux siens, il regarda avec fascination presque horrifiée la bague de fiançailles dont l'émeraude scintillait à la lueur des flammes.

— Eh bien, pas moi.

Stupéfait Cass releva la tête. Le sourire ainsi que l'émotion visible dans les yeux de Briony le paniquèrent.

Elle ne pouvait pas…

Préférant ne même pas envisager cette éventualité, il demanda d'une voix à l'indifférence feinte :

— Parce que ta belle-famille est prise en charge ?

— Non, pas ça. Que Daxon se soit révélé être aussi horrible a été… libérateur. C'était comme quand j'ai décidé de quitter le Kansas, j'ai eu l'impression qu'un poids m'avait été enlevé, un poids créé par moi-même. Ensuite, au cours des semaines passées au palais à apprendre mes nouveaux devoirs et à me passionner pour mon travail envers les écoles, je me suis sentie vivante comme je ne l'avais jamais été depuis mon enfance.

Cass retint un soupir de soulagement. Son interprétation de ce qu'il avait lu dans son regard était peut-être erronée. Briony était peut-être simplement heureuse d'avoir trouvé un but.

— J'en suis heureux.

— Moi aussi, répondit-elle en lui caressant le dessus de la main. En prenant de l'assurance, j'ai réalisé combien tu étais devenu important pour moi, et pas uniquement pour ta générosité envers ma belle-famille ou ton action en faveur du Linnaea.

Aïe… des signaux d'alerte se mirent à clignoter dans le cerveau de Cass.

— Écoute, Briony…

— Non, je t'en prie, laisse-moi parler. Je veux t'épouser, Cass, non pas par devoir, mais parce que j'en ai envie. Je me sens chez moi ici, d'une part parce que j'aime ce pays, mais aussi beaucoup grâce à toi, parce que je…

— Arrête !

Il se leva d'un bond, alla se planter devant la fenêtre. Son cœur battait à tout rompre. Une chance qu'il l'ait stoppée à temps. Elle était sur le point de prononcer les mots qui auraient tout gâché. Il contempla le paysage enneigé jusqu'à ce que ses émotions se soient calmées, puis se tourna.

Assise très droite, Briony avait une assurance plus royale que Daxon n'en aurait jamais. Cass l'admira. Elle aurait fait la partenaire idéale. Quel dommage…

— J'ai le regret de t'informer, Briony, que je dois mettre un terme à notre accord.

Loin de s'effondrer ou de faire une scène comme ses

précédentes maîtresses l'avaient fait à l'annonce d'une rupture, elle se contenta de le regarder en silence. Lorsqu'elle parla enfin, ce fut d'une voix étonnamment posée, en contraste avec celle remplie d'émotion des minutes précédentes.

— Pourquoi ?

— La dynamique de notre relation a changé. Nous ne nous convenons plus.

— Cela, à cause de ce que j'ai failli te dire ?

— Oui. Je ne puis te retourner ce sentiment presque exprimé.

— Tiens donc. Je pense pourtant que tu le fais déjà.

Il eut un petit rire dur.

— C'est le produit de ton imagination.

— Tu crois ça ? demanda-t-elle en se levant.

Tandis qu'elle s'approchait de lui, Cass s'efforça de maintenir les yeux sur son visage, mais pensa à sa taille fine, ses courbes si féminines et à combien leurs corps s'accordaient à la perfection.

— Tes actions disaient le contraire, récemment.

— Pourrais-tu m'expliquer en quoi ? rétorqua-t-il.

— À la manière dont tu passes de plus en plus volontiers du temps en ma compagnie, dont tu m'as défendue contre mon père, dont tu m'as protégée de la foule et des paparazzis, dont tu me fais l'amour.

— Je préservais mon investissement.

En dépit de sa réponse cruelle, Cass était au supplice. Il admirait tout en elle, de son corps et sa passion dans l'intimité, à son ardeur à se battre pour un pays et des gens dont elle ignorait encore l'existence un mois auparavant. Tout en se sentant coupable de la quitter si brusquement, il savait ne pas avoir d'autre choix. Elle croyait l'aimer en cet instant, mais ce sentiment disparaîtrait dès l'instant où elle réaliserait qu'il ne pourrait jamais l'aimer en retour. Or, l'enfermer dans un mariage sans amour lui serait fatal.

Briony avait eu son content de malheurs, elle méritait de trouver le bonheur.

— Pas lorsque tu me serrais contre toi il y a quelques minutes devant le feu, dit-elle en lui posant une main sur la joue. C'était tendre, pas *professionnel.*

Il lui saisit le poignet le poignet avec fermeté.

— Je t'ai utilisée. Je savais depuis toujours à quel point Daxon était odieux. Si je t'avais dit la vérité, tu n'aurais jamais accepté de t'engager à m'épouser.

— Mais je l'ai fait, alors pourquoi me repousses-tu ?

— Parce que tu m'aimes, et que je ne t'aime pas.

Ces mots à peine prononcés, il les regretta. Une force intérieure en lui se révoltait contre eux. Mais il ne s'agissait que du désir égoïste de ne pas perdre Briony. Et son regard à la fois blessé et plein de compassion lui fit mal.

— Dis plutôt que tu refuses de m'aimer, répliqua-t-elle en dégageant son poignet. Seulement parce que l'amour n'a réussi ni à ton père ni à ta tante. Ce n'est qu'une excuse !

Cass recula d'un pas, confus.

— Comment ça ?

— Tu as peur d'être vulnérable, aussi tu utilises leur expérience comme un bouclier afin de ne pas risquer d'être blessé.

Le silence tomba entre eux. Son analyse n'était pas fausse. Il se protégeait d'elle car il se sentait capable de l'aimer corps et âme. Mais plus que les relations vouées d'avance à l'échec de Leopold et d'Alcine, c'était sa propre couardise qui le retenait. Il avait peur de ne pas être l'homme qu'elle méritait. De toute façon, à quoi bon tergiverser ? Sa décision était prise. Elle souffrirait à court terme, puis comprendrait qu'il lui offrait la liberté. Une fois dotée d'un mari aimant et d'enfants, elle lui en serait reconnaissante. Et tant pis pour lui si la simple idée de l'imaginer entre les bras d'un autre le faisait bouillir de rage. Il s'y ferait. Avec le temps.

— J'ai beaucoup apprécié notre temps ensemble, Briony, mais à partir de ce soir, nos fiançailles sont rompues.

— As-tu pensé aux conséquences pour le Linnaea ?

Une fois de plus, le sort des autres la préoccupait plus que le sien…

— Je te fournirai les fonds nécessaires.

— Pas question. J'ai ravalé mon orgueil pour accepter ta générosité envers Trey et les jumelles, et je t'en remercie. En revanche, en bénéficier davantage me donnerait l'impression d'être payée pour mes… *services.*

— Je t'en prie, je ne te considère pas comme une…

— N'insiste pas, l'interrompit-elle, tout en renfilant sa robe.

Cass resta figé sur place. Il aurait aimé lui dire qu'il ne s'agissait pas d'un paiement quelconque, la rassurer, la prendre dans ses bras une dernière fois, mais le seul fait de la toucher aurait anéanti sa résolution.

— Je vais partir.

— C'est ça. Moi, je sors prendre l'air pour me clarifier les idées.

Avant qu'il n'ait eu le temps de réagir, Briony avait atteint la porte. Au moment de la franchir, elle se retourna.

— Je t'aimais, Cass, et cela n'avait rien à voir avec notre accord.

La vue de ses yeux brillant d'amour l'acheva.

Dans la seconde suivante, elle avait quitté la pièce.

14.

Le cœur en lambeaux, Briony prit l'ascenseur vers l'étage où se trouvaient les bureaux. Se concentrer sur ses dossiers en cours l'aiderait à contenir sa peine.

En prenant la décision d'avouer son amour à Cass, elle avait accepté la possibilité qu'il ne partage pas ses sentiments, mais n'avait pas un instant imaginé qu'il puisse rompre leurs fiançailles. Résultat, en plus de l'avoir perdu, elle avait perdu son aide pour le Linnaea.

Au moment où elle passait devant le bureau d'Alaric, entendant des murmures à l'intérieur et craignant qu'il ne s'agisse de Daxon, elle se hâta vers le sien. Hélas, le bruit de ses talons sur le plancher avait déjà révélé sa présence. La porte s'ouvrit à la volée.

— Briony ? Que fais-tu là ?

— Je ne voulais pas te déranger. J'allais travailler.

Clara s'encadra alors à côté d'Alaric. De toute évidence, son faible sourire ne la trompa pas.

— Que se passe-t-il ? Le prince n'est pas avec vous ?

Soulagée de ne pas être en présence de son père, Briony murmura, une boule dans la gorge :

— Cass vient de rompre nos fiançailles.

— Quoi ? Où est-il, je vais lui…

— Attendez, Alaric, intervint Clara.

Et elle lui prit le bras pour l'entraîner dans le bureau.

— Asseyez-vous, buvez ce verre d'eau, puis expliquez-nous ce qui est arrivé.

En d'autres circonstances, Briony aurait trouvé amusant de voir son frère, d'ordinaire si sûr de lui, laisser son assistante gérer la situation tant il était gêné et à court de mots. Lorsqu'il eut reposé son verre, Clara demanda :

— Alors, pour quelle raison a-t-il rompu votre engagement ?

— Parce que je suis tombée amoureuse.

Son récit terminé, son chagrin s'était un peu atténué.

— Voilà, vous savez tout à présent. Je suis vraiment désolée, Alaric.

— Désolée de quoi ?

— Sans l'argent de Cass, le pays…

— Au diable son argent ! s'exclama Alaric. J'ai détesté cet accord depuis le début. Mais je dois dire que vous voir ensemble a fini par me convaincre que tu pourrais être heureuse.

— Je l'ai été, un temps.

— Croyez-moi, intervint Clara, vous n'avez besoin ni d'un mari ni d'enfants pour être heureuse.

Alaric lui adressa un froncement de sourcils avant de ramener son attention sur Briony.

— Quoi qu'il en soit, tu n'as aucun souci à te faire car ton travail en faveur de l'enseignement ainsi que les réformes engagées depuis peu ont tant impressionné l'ambassadeur de Suisse qu'il est prêt à offrir son financement. En échange, nous lui donnerons l'accès à un port et sommes en pourparlers sur différents autres points. Les progrès seront moins rapides qu'avec l'argent de Cassius, mais nous atteindrons les buts que nous nous sommes fixés.

Donc, loin d'avoir ruiné ce pays, Briony, tu as contribué à son indépendance.

— Je te remercie. Je suis infiniment soulagée.

— Très bien. Alors, maintenant dis-moi ce qui te ferait plaisir.

— Rester au Linnaea.

Voir le visage jusque-là sérieux d'Alaric s'éclairer réchauffa le cœur de Briony.

— J'en suis ravi. Je m'y connais en matière de finances, lois et autres domaines indispensables à la bonne gestion du pays, mais mon approche de certains problèmes a tendance à être arbitraire et gagnerait à être tempérée par un point de vue plus nuancé.

— Une auto-observation très perspicace, lui fit remarquer Clara, un petit sourire aux lèvres.

Alaric inclina la tête.

— Je vous remercie.

— J'apprécie ton soutien, dit Briony, mais j'ignore si Daxon voudra me voir rester une fois les fiançailles officiellement rompues.

— J'en fais mon affaire.

Au vu du regard soudain dur de son frère, elle devina des comptes à régler. Elle n'avait ni le père si longtemps espéré, ni l'homme aimé, mais un frère auquel elle tenait de plus en plus et, en Clara, une amie au palais. Une lueur d'espoir allégea sa peine. Reconnaissante, elle se leva.

— Je vous remercie tous les deux de m'avoir entourée. Sans vous je serais en train de pleurer seule dans ma chambre.

Alaric lui prit les mains.

— Cassius est un imbécile.

— Oui, mais un imbécile qui souffre.

— Ne lui cherche pas d'excuses.

Plus facile à dire qu'à faire quand elle avait connu, sous

le prince homme d'affaires en apparence impitoyable, l'homme profondément meurtri mais préférant renoncer à sa vengeance plutôt qu'accepter une possibilité de bonheur.

Soudain, une idée vint à Briony.

— Alaric, pourrais-tu superviser mes projets pendant quelques jours ? Je dois m'absenter.

De retour dans sa chambre, Cass mit des heures à trouver le sommeil. Sa décision d'annuler le mariage le tourmentait. Faute de donner à Briony l'amour tant espéré, il aurait pu lui offrir le monde.

Mais ce n'était pas le monde qu'elle voulait. C'était son amour. Or malgré son profond désir de la retrouver chaque matin à ses côtés dans le lit, il ne la méritait pas. Pas après l'avoir forcée à signer un contrat en lui faisant miroiter une rencontre heureuse avec Daxon.

Les premières lueurs de l'aube filtraient à travers les rideaux lorsqu'il se réveilla. Ses pensées s'imposant aussitôt à son esprit, il s'habilla chaudement pour aller marcher. Le froid devrait lui éclaircir les idées. Du moins l'espéra-t-il. L'air glacial chargé de particules de neige lui fouetta le visage dès ses premiers pas à l'extérieur. Mais qu'importait ? Mieux valait se geler que se morfondre dans sa chambre.

Au moment où il revenait vers le palais après un long tour des jardins, une voix fit sursauter Cass.

— Je te cherchais pour te prier de plier bagage.

Il lui fallut quelques secondes pour reconnaître Alaric dans la haute silhouette à contre-jour devant lui.

— Donne-moi une demi-heure, le temps de rentrer me changer, puis tu pourras m'expulser.

— Je préférerais de donner une bonne raclée pour faire souffrir ainsi ma sœur.

La riposte du prince atteignit Cass aussi sûrement qu'un coup de poing. Oui, il avait blessé celle à qui il tenait le plus au monde, mais était prêt à abandonner ce pour quoi il avait travaillé toute sa vie pour la libérer.

— J'ai rompu nos fiançailles car je ne pouvais pas lui offrir ce qu'elle méritait.

— À savoir ?

— L'amour.

— J'ai vu comment tu la regardes, Cassius. Tu tiens à elle.

— Bien sûr.

— Et quelle est la différence avec l'amour ?

— L'amour décline avec le temps et les réalités de la vie. En revanche, une amitié doublée d'une réelle affection a des chances de durer.

— Alors pourquoi ne pas lui avoir offert ça au lieu de vous faire souffrir tous les deux ?

— Parce que ta sœur croit m'aimer, or je suis incapable de lui retourner ce sentiment. Un autre le fera. Elle le mérite.

Cass affronta le regard d'Alaric, conscient d'être jugé et de se faire bannir du Linnaea sous peu. Mais cela lui était égal à présent. Son rêve de revenir en héros dans son pays natal avait considérablement pâli en comparaison de son bonheur d'être en compagnie de Briony au cours des semaines précédentes. Il acceptait cet exil.

— Je crains que nous soyons, toi et moi, hélas très semblables.

— Tu compares le glacial héritier esseulé au prince méditerranéen à la réputation de briseur de cœurs ? ricana Cass. Allons, Alaric, un peu de sérieux.

— Je suis sérieux. Tu as peur d'aimer.

— Tu as discuté avec ta sœur, dirait-on. On peut me reprocher bien des choses, mais pas de prendre une décision sous le coup de la peur.

— Tu l'as pourtant fait hier soir. Briony t'a offert son amour et tu l'as repoussée par peur. Tout cela parce que l'exemple de ton père et ta tante t'a poussé à refouler tes émotions pour te concentrer sur ta vengeance contre Daxon.

— C'est bizarre, mais j'ai l'impression que tu parles par expérience. Qu'en est-il de ta fiancée dont on n'entend jamais parler ?

Le visage d'Alaric se ferma brusquement.

— C'était un pur arrangement d'affaires très récemment devenu caduc. Il n'était pas question de sentiments.

— Exactement ce que j'avais prévu pour nous.

Avant de découvrir en Briony la femme qui allait révolutionner son monde. Mais Alaric n'avait pas besoin de savoir cela.

— Inutile de poursuivre cette discussion, puisque tu es résolu à te croire incapable d'aimer ma sœur. Si tu ne peux vraiment pas, elle est beaucoup mieux sans toi. Quitte le palais au plus tôt.

Là-dessus, il partit, laissant Cass amer. Que diable ne comprenait-il pas qu'il offrait à sa sœur sa chance de rencontrer son amour rêvé ?

Au bout de quelques pas, Alaric se retourna :

— Sache que Briony m'a persuadé de ne pas annuler ta citoyenneté comme j'en avais l'intention puisque tu as mis un terme à notre contrat.

— Et si nous en signions un nouveau ?

— Je ne veux ni n'ai besoin de ton argent.

— Le Linnaea en a besoin.

— Plus maintenant. L'ambassadeur de Suisse nous a offert son aide financière.

— Elle ne peut pas être à la hauteur de la mienne.

— Nous nous débrouillerons.

— Écoute plutôt ma proposition.

Dans la seconde suivante, ses termes s'écrivirent dans

la tête de Cass. Ils étaient justes, pas inspirés par son désir de vengeance mais par son réel désir d'aider son pays.

Alaric fronça les sourcils, visiblement soupçonneux.

— Quelle est-elle ?

— Le financement et les accords commerciaux du précédent contrat restent identiques, mais il n'y a plus de mariage en contrepartie. Briony est libre de diriger sa vie comme elle l'entend. Ma seule condition est que cet arrangement soit entre toi et moi, sans Daxon.

Un léger sourire fleurit sur les lèvres d'Alaric.

— Tu abandonnerais ta vengeance après tout ce temps ?

Cass haussa les épaules.

— Elle n'aurait pas dû me faire impliquer la vie de ta sœur en premier lieu. Une fois les détails réglés, je partirai pour le Tulay.

— Tu vas vraiment partir, comme ça ?

— Oui.

Après le désastre de la nuit précédente, Cass ne se sentait plus chez lui au Linnaea. Ni au Tulay, d'ailleurs. Trouverait-il un jour un chez-lui ? Il en doutait.

Alaric secoua la tête.

— Tu es un véritable imbécile, Cassius. Le plus bel imbécile de tous les temps.

15.

Briony laissa son regard errer sur la grande salle du Ledge. Même si y travailler n'avait pas été l'emploi de ses rêves, ce bar avait été son refuge, l'endroit où elle fuyait son chagrin, ses tourments.

L'endroit où elle avait rencontré Cass…

Penser à son prince lui rappela leur dernière soirée ensemble. En dépit de ses paroles cruelles, elle avait reconnu dans ses yeux les mêmes émotions qui l'animaient. Il l'aimait, elle en était certaine. Mais s'il préférait le nier et vivre dans un monde dénué de sentiments, elle devait respecter son choix. Par amour. Inutile de chercher à lui ouvrir les yeux, mieux valait continuer sur sa lancée et vivre la vie qu'elle avait choisie. Être maîtresse de son destin, puisque désormais elle était libérée de ses précédentes chaînes.

Savoir qu'elle aidait son pays et agissait pour procurer du bien-être à ses habitants était un réconfort et le serait davantage une fois son chagrin passé.

— Je n'arrive pas encore à croire qu'une princesse a servi ici, dit Gus en souriant.

— Je n'en étais pas officiellement une à l'époque.

— Kim attend ta visite pour avoir l'occasion de te faire une révérence. Elle pourra raconter plus tard qu'elle a rencontré une princesse dans son enfance.

— Dis à ta fille que j'irai la voir demain avant de reprendre l'avion.

— Comment va ta belle-famille ?

— Étonnamment bien. Trey est sorti de sa cure et a un entretien d'embauche la semaine prochaine. Il m'a même présenté ses excuses.

Il l'avait appelée dès réception de son mail l'avertissant de son arrivée, pour reconnaître ses torts et lui demander pardon. Il lui avait avoué être au courant de la liaison de Marie avec Daxon, et avoir un paquet de lettres que sa mère avait laissé à son intention.

— Il se fait doux pour t'extorquer de l'argent.

— Je l'ai cru sur le moment, mais il n'a pas abordé le sujet. À vrai dire, il m'a paru sincère. Ou alors, je suis naïve.

— Et les jumelles ?

Briony sourit au souvenir de leur accueil lorsqu'elle était allée chercher les lettres. Elles s'étaient toutes deux repenties de leur comportement et lui avaient même donné un collier de Marie trouvé dans leurs affaires.

— De toute évidence, la sœur de Trey était la personne idéale pour les prendre en charge. Elle a du temps à leur consacrer, ne leur passe rien et les a mises aux travaux ménagers et aux courses en plus de surveiller leur travail scolaire.

— Tu en acceptais trop d'elles. Je n'ai cessé de te le rappeler.

— Tu avais raison. J'aurais dû prendre exemple sur toi. Tu es un père formidable.

Gus rosit de plaisir.

— Bon, il est 16 heures. Ça te dirait de faire un dernier service ?

— Non, merci. Mais je vais rester un peu.

Une fois la porte déverrouillée, les clients entrèrent petit à petit. Les habitués vinrent la féliciter pour ses fiançailles. Le cœur serré, elle les remercia. Un couple lui demanda un selfie. Elle accepta. D'autres murmuraient dans son dos ou prenaient des photos en cachette. Cela lui était égal, elle aurait quitté les États-Unis avant leur mise sur les réseaux sociaux et l'arrivée des paparazzis.

Depuis son départ du Linnaea, Briony regardait la presse, s'attendant à voir la rupture de ses fiançailles à la une. En vain. Elle avait donc appelé Clara car la cérémonie était dans trois semaines, et obtenu une réponse énigmatique « Ce sera annoncé le moment venu ». Elle gardait aussi constamment un œil sur son téléphone, mais aucun appel, mail ou message de Cass.

Son beau prince était sans arrêt dans ses pensées. Les souvenirs se bousculaient. L'un lui revint soudain à l'esprit. C'était lors de leur visite à l'hôpital où le projet était d'installer une unité pédiatrique. Il était si doux avec les enfants. Le moment venu pour lui, il allait faire un excellent père.

Briony s'efforça de revenir dans le présent. Cass était sorti de sa vie. Un jour, peut-être, elle supporterait l'idée d'accepter une invitation, le problème serait de savoir si on la courtisait pour elle ou pour son statut princier. Mais pour l'instant, la seule idée de tenir la main d'un autre homme ou, pire, de l'embrasser, la révulsait. Donc, si cela continuait, pour fonder une famille il lui faudrait avoir recours à l'adoption. S'occuper d'un enfant et travailler à ses projets au palais lui redonnerait le moral en plus de l'occuper à temps complet. Et petit à petit, ses souvenirs de Cass s'estomperaient, elle pourrait sourire avec nostalgie au lieu de ravaler ses larmes à tout bout de champ.

Comme Gus allumait la télévision pour le match, Briony leva machinalement les yeux. Une image retint son attention.

— Remets la chaîne précédente, Gus, vite.

Il revint en arrière. En bas de l'écran, en encadré, se trouvait une photo de Cass et elle. Au-dessus le présentateur parlait :

— Les princes Alaric Van Ambrose du Linnaea et Cassius Morgan Adama du Tulay ont fait une déclaration conjointe.

Briony fixa l'écran, la gorge serrée et le cœur battant soudain à tout rompre tandis que son frère et Cass apparaissaient à l'écran.

— Le prince Cassius et moi avons renégocié le contrat financier passé entre nos deux pays. La clause l'assujettissant à son mariage avec ma sœur, la princesse Briony, en est désormais ôtée.

C'en était fait. Le monde entier, à commencer par les clients du Ledge, allait savoir que ses fiançailles étaient annulées. À l'écran, les questions des journalistes pleuvaient. Cass s'approcha du pupitre pour répondre à l'une. Craignant de fondre en larmes en public, Briony recula en toute hâte vers le fond de la salle.

— Le prince Alaric et moi avons enlevé cette clause car je souhaitais que ma future femme sache que je l'épousais pour elle et non pour les besoins d'un accord. L'alliance entre nos pays me tient à cœur, mais j'attends mon mariage avec encore plus d'impatience.

Elle se figea, et à ce moment entendit une voix murmurer dans son dos.

— Chacun de mes mots était sincère, Briony. Tu me manques.

Se retournant lentement, elle croisa le regard de Cass.

— Je suis étonnée de te voir après la tournure de notre dernière conversation.

— Je l'imagine sans peine.

Comme Cass prenait une profonde inspiration, Briony comprit qu'il était nerveux. Elle se retint de rire.

— C'est bondé ici, ce soir, dit-il.

— C'est un soir de match de football.

— Oui, le vôtre. Les Américains ont du culot d'appeler « football » un jeu si différent du nôtre.

— Es-tu venu jusqu'ici pour critiquer un de nos sports favoris ?

Dans la seconde suivante, il lui prit la tête entre les mains pour murmurer :

— Non, j'ai fait tout ce chemin pour toi.

La gorge serrée, Cass scruta le visage de Briony. Si elle le mettait à la porte, il l'aurait mérité. D'un autre côté, si cela devait être la dernière fois qu'il la touchait, autant faire durer ce moment.

— Allons dans le patio.

Le soulagement le submergea. Discuter était un pas positif. Tandis qu'il la suivait, il vit des gens les regarder et prendre des photos. Il s'en serait passé mais, faute de gardes du corps, dut s'en accommoder.

Par chance, ou plutôt parce que ses tables et chaises étaient recouvertes de neige, le patio était vide. Un peu de chaleur émanait du brasero installé au centre. Briony s'en approcha et tendit les mains vers les flammes.

Constatant qu'elle n'avait pas l'intention de parler la première, Cass se lança.

— Qu'as-tu pensé de la conférence de presse ?

— Je l'ai trouvée surprenante.

— Tu avais raison, Briony. Dans mon désir de vengeance, je n'ai vu que mes intérêts, sans me soucier de te forcer à agir contre ton gré. J'ai très vite compris combien ma manipulation était injuste en découvrant en toi la jeune femme pleine de compassion qui se tuait à la tâche pour faire vivre sa belle-famille. Ensuite, plus je vous connaissais, toi et Alaric, plus ma motivation changeait. Mon but n'était plus seulement d'aider mon pays natal en détresse

VOTRE COLLECTION PRÉFÉRÉE DIRECTEMENT CHEZ VOUS

Vous souhaitez découvrir nos collections ? Une fois votre 1er colis à prix mini reçu, si vous souhaitez continuer à recevoir nos livres, cela se fera automatiquement. Vous n'avez aucune obligation d'achat et cette offre est sans engagement de durée !

Dans votre 1er colis, 2 livres au prix d'un seul
+ en cadeau le 1er tome de la saga *La couronne de Santina*.
8 tomes sont à collectionner !

☛ COCHEZ la collection choisie et renvoyez cette page au
Service Lectrices Harlequin – CS 20008 – 59718 Lille Cedex 9 – France

Collections	Prix 1er colis	Réf.	Prix abonnement (frais de port compris)
❏ **AZUR**	4,75€	AZ1406	6 livres par mois 31,49€
❏ **BLANCHE**	7,30€	BL1603	3 livres par mois 25,15€
❏ **LES HISTORIQUES**	7,30€	LH1202	2 livres par mois 17,69€
❏ **PASSIONS**	7,80€	PS0903	3 livres par mois 26,79€
❏ **BLACK ROSE**	7,90€	BR0013	3 livres par mois 27,09€
❏ **HARMONY***	5,99€	HA0513	3 livres par mois 20,76€
❏ **SAGAS***	7,99€	SG2303	3 livres tous les 2 mois, 29,46€
❏ **VICTORIA**	7,80€	VI2115	5 livres tous les 2 mois 42,59€
❏ **GENTLEMEN***	7,50€	GT2022	2 livres tous les 2 mois 17,95€
❏ **NORA ROBERTS***	7,90€	NR2402	2 livres tous les 2 mois prix variable**
❏ **HORS-SÉRIE***	7,70€	HS2812	2 livres tous les 2 mois 18,65€

*livres réédités / **entre 18,45€ et 18,85€ suivant le prix des livres

F23PDFM

N° d'abonnée Harlequin (si vous en avez un) |__|__|__|__|__|__|__|

Mme ❒ Mlle ❒ Nom : ______________________

Prénom : ______________________ Adresse : ______________________

____

Code Postal : |__|__|__|__|__| Ville : ______________________

Pays : ______________________ Tél. : |__|__|__|__|__|__|__|__|__|__|

E-mail : ______________________

Date de naissance : ______________________

Date limite : 31 décembre 2023. Vous recevrez votre colis environ 20 jours après réception de ce bon. Offre soumise à acceptation et réservée aux personnes majeures, résidant en France métropolitaine, dans la limite des stocks disponibles. Prix susceptibles de modification en cours d'année. Vous pouvez demander à accéder à vos données personnelles, à les rectifier ou à les effacer. Il vous suffit de nous écrire en nous indiquant vos nom, prénom et adresse à : Service Lectrices Harlequin CS 20008 59718 LILLE Cedex 9. Service Lectrices disponible du lundi au vendredi de 9h à 17h : 01 45 82 47 47.